COLLECTION SÉRIE NOIRE
Créée par Marcel Duhamel

Parutions du mois de février

832. PITIÉ POUR LES RATS
(JEAN AMILA)

1394. LAISSEZ BRONZER LES CADAVRES
(J.-P. MANCHETTE/J.-P. BASTID)

1611. À BULLETINS ROUGES
(JEAN VAUTRIN)

1674. BILLY-ZE-KICK
(JEAN VAUTRIN)

2007. AU BALCON D'HIROSHIMA
(JEAN AMILA)

2456. QUE D'OS !
(JEAN-PATRICK MANCHETTE)

Parutions du mois de mars

364. LES PIEDS HUMIDES
(WILLIAM O'FARRELL)

1884. LA VIERGE DE GLACE
(MARC BEHM)

1999. NOYADE INTERDITE
(ANDREW COBURN)

2010. LE DIAMANT ORPHELIN
(WILLIAM IRISH)

2049. COMMENT VIVENT LES MORTS
(ROBIN COOK)

2055. L'ORCHESTRE DES OMBRES
(TOM TOPOR)

Parutions du mois d'avril

34. UN NOMMÉ LOUIS BERETTI
(DONALD H. CLARKE)

183. COUP DE TORCHON
(WILLIAM P. MCGIVERN)

1269. UN HOMME À LA COULE
(WILLIAM R. BURNETT)

1839. GOOD-BYE, CHICAGO
(WILLIAM R. BURNETT)

1863. LES MÉCANOS DE LA MORT
(JOHN DUNNING)

Parutions du mois de mai

750. L'ASSASSIN DE PAPA
(DONALD E. WESTLAKE)

929. CALME BLANC
(CHARLES WILLIAMS)

931. LA CHAMBRE DU HAUT
(MILDRED DAVIS)

986. LE PIGEON D'ARGILE
(DONALD E. WESTLAKE)

1106. DES CLIQUES ET DES CLOAQUES
(JIM THOMPSON)

1116. LA PÊCHE AUX AVAROS
(DAVID GOODIS)

Parutions du mois de juin

5. NEIGES D'ANTAN
(DON TRACY)

446. IL PLEUT DES COUPS DURS
(CHESTER HIMES)

492. DARE-DARE
(CHESTER HIMES)

684. MÉLODIE EN SOUS-SOL
(JOHN TRINIAN)

1068. LES CORDONS DU POÊLE
(DONALD E. WESTLAKE)

1232. LE PIGEON RÉCALCITRANT
(DONALD E. WESTLAKE)

JEAN-PATRICK MANCHETTE

Que d'os !

nrf

GALLIMARD

I

Le téléphone a sonné. J'ai fait un sourire d'excuse et j'ai décroché.

— Cabinet Tarpon, ai-je dit cauteleusement.

— C'est vous, Tarpon, oui? Coccioli à l'appareil. Officier de police Coccioli. Vous me remettez, oui?

— Oui.

— Je vous envoie un client. Ça vous épate?

— Un peu.

— Ben c'est comme ça, a dit l'officier de police Coccioli. J'ai pensé à vous parce que c'est un cas spécial. C'est une vieille dame.

— Je sais. (J'ai regardé la vieille dame assise en face de moi de l'autre côté du plateau du bureau et je lui ai adressé un second sourire d'excuse, en battant des paupières pour lui faire comprendre que ce ne serait pas long. En retour elle a battu des paupières et souri, un sourire crispé. Manifestement elle n'était pas assise à l'aise dans le fauteuil en skai; elle aurait préféré une chaise; elle était du genre à s'asseoir au bord d'une chaise et se pencher en avant, en posant ses coudes pointus sur le plateau du bureau, en poussant son museau pointu en avant pour longuement causer, longuement discuter, elle devait faire perdre un temps fou aux employés des postes et de la Sécurité Sociale, tout le temps à expliquer et discuter et demander des explications, voilà son genre. Dans le fauteuil de skai elle était mal à l'aise parce qu'elle n'arrivait pas à rester perchée au bord, sur ses fesses pointues, elle glissait tout le temps vers le fond. Au demeurant ce n'était pas ce que j'appelle une vieille dame, mais tout de même.)

— Ah bon, elle est chez vous déjà ? a dit Coccioli au bout du fil.

— Oui.

— Bon, écoutez, je vous rappellerai, je vous expliquerai, mais faut quand même que je vous dise, en deux mots, si je vous l'envoie c'est que c'est l'amie d'une parente, voyez-vous, et elle tient absolument à s'adresser à un détective privé, comme elle dit. Alors il fallait bien que je l'envoie à quelqu'un, ou bien elle va aller chez n'importe quel faisan et se faire arnaquer. Soyez gentil, écoutez sa petite histoire, mais surtout ne lui dites pas que c'est impossible, ce qu'elle demande. Hein ? Ho, Tarpon, vous êtes toujours là ?

— Oui.

— Bon. Ne lui dites pas que c'est impossible, hein ?

— Je verrai, ai-je dit. Ça dépendra de mon jugement.

— Quoi ! Quoi ! a fait l'OP d'un ton complètement ahuri. Quel jugement ?

— Le mien. Mon entendement. Vous savez bien, tout ça, là, l'entendement, le jugement, le libre arbitre, vous avez dû entendre parler.

— Ah c'est ça, faites de l'esprit, c'est le moment, a dit Coccioli avec enthousiasme. Écoutez, dites-lui que vous prenez son affaire, que vous en avez pour une quinzaine de jours, et que c'est vingt mille balles par semaine, votre tarif. On aurait pu vous faire de grosses emmerdes, l'an dernier, Tarpon, mon bon, sur l'affaire Sergent, vous nous devez bien une fleur. Et si vous lui étouffez plus de quarante sacs, je vous garantis que vous allez m'avoir sur le dos. Elle est fauchée, bon Dieu, un peu de cœur, Tarpon, merde !

— J'ai pas dit non, ai-je observé. Je vais voir. Rappelez-moi dans une petite heure.

— Vous n'avez besoin de rien faire, Tarpon. Il n'y a rien à faire, d'ailleurs. Prenez ses quarante sacs, ne faites rien, et dans une quinzaine, vous lui direz que ça n'a pas donné de résultats, et puis voilà. Nous sommes bien d'accord ?

J'ai soupiré et j'ai raccroché. J'ai posé mes coudes sur le bureau et croisé mes mains sous mon menton et j'ai considéré la dame d'un air affable, avenant, sagace. Elle portait une robe en coton liberty qui devait dater du temps des liberty-ships, à fond mauve (la robe), et puis une veste de laine noire, des bas noirs, des chaussures noires à lacets avec des talons carrés de trois centimètres, et un chapeau de paille noire vernie. Elle me rappelait ma mère, qui vit dans l'Allier ; mais ma mère a soixante-dix ans ; la vieille dame avait bien dix ans de moins ; c'est pourquoi ce n'était pas ce que j'appelle une vieille dame ; et pourtant on voyait qu'elle était entrée dans le troisième âge, peut-être depuis quelques jours seulement, entrée d'un seul coup, sans doute, cheveux blancs et teint de bougie, pas de maquillage ni de bijoux, juste une perle grosse et fausse sur l'épingle à chapeau. Elle portait un grand sac noir d'où elle avait sorti une enveloppe 22 × 28 en papier kraft.

Il y avait dans l'enveloppe des feuilles manuscrites et des photographies de divers formats, des clichés d'amateur, représentant principalement la fille de la vieille dame à différentes époques de sa vie, entre la naissance et l'âge de trente-six ans. Je le sais parce que la vieille dame a sorti les photographies de l'enveloppe et les a posées sur le bureau en les commentant. Elle consultait de temps en temps ses notes manuscrites.

La profusion des photographies était inutile, autant que je sache. Un des derniers clichés aurait suffi, mais la vieille dame tenait à me faire une biographie détaillée de sa fille, ce qui n'était pas plus mal, et elle tenait à l'illustrer.

Bref, elle m'a raconté sa petite histoire. Je lui ai dit que la police et la gendarmerie étaient infiniment mieux équipées que moi pour faire le travail qu'elle demandait. A défaut de poser ses coudes pointus sur le bureau, elle a empoigné à deux mains le rebord du meuble, les pouces en dessous, pour m'expliquer qu'elle s'était adressée à la police, bien sûr, mais qu'on lui disait toujours de patienter et qu'il n'y avait rien de nouveau, même un inspecteur qu'elle connaissait personnellement, c'est-à-dire par une amie de sa sœur, l'inspecteur Coccioli, c'est lui-même qui avait conseillé de s'adresser à moi.

— Normalement, ai-je dit, je prends au moins deux cent cinquante francs par jour, plus les frais. (Je mentais. Je prends davantage. Enfin, quand je peux.)

Alors vous voyez, c'est assez coûteux, pour un résultat extrêmement aléatoire.

— J'ai calculé que je pouvais mettre, c'est-à-dire, en francs nouveaux, mille francs, a dit la vieille dame.

A voir son expression, on avait le sentiment que c'étaient toutes ses économies.

— Voici ce que je vous propose, ai-je fait avec fougue et spontanéité. Pour quatre cents francs, je m'occupe de votre affaire pendant, disons, quinze jours, dans mes moments de liberté.

— Vous en avez beaucoup, des moments de liberté ?

— En fait, oui, pas mal, ai-je dit.

En fait, je ne travaillais pratiquement pas depuis cinq semaines. Avant ça, j'avais fait un peu de surveillance dans un entrepôt où il y avait eu des tentatives d'incendie volontaire, et présentement, j'essayais de découvrir si l'un des six employés d'un pharmacien tapait dans la caisse de l'officine, comme le subodorait le commerçant.

La vieille dame a réfléchi et elle a dit que ça allait. Elle m'a fait un chèque postal. Nous nous sommes serré la main, je l'ai reconduite à la porte, nous nous sommes encore serré la main et elle est partie.

J'ai regardé ma montre. Bientôt six heures du soir et nous étions samedi, le jour de Bébert. Bébert, soit Albert Pérez, 29 ans, préparateur en pharmacie, employé depuis trois ans par la Pharmacie du Bocal de Jude, Paris-6e. (Le patron est amateur de contrepèteries. Il est d'une truculence bien française qui me donne envie de marcher tout seul au grand air. Au demeurant, il s'appelle bel et bien Jude.)

J'ai mis mon écharpe noire et enfilé mon trois-quarts gris par-dessus mon complet marron. Coccioli ne m'avait pas rappelé, tant pis. J'ai mis mon téléphone aux abonnés absents, j'ai pris ma mallette et je suis descendu. Dans les entrées d'immeuble, dans les cafés, sur les trottoirs, les putes étaient fidèles au poste, shorts de cuir, jupettes de tennis, sourires de craie, et sur la chaussée les voitures déboulaient de la porte Saint-Martin comme un lâcher de tatous et puis restaient là, épaule contre épaule, à vibrer, dans un nuage de gaz bleu. Je ne suis pas allé chercher ma 2 CV, des fois que Bébert me ferait le même coup que la semaine passée. J'ai pris le métro à Strasbourg-Saint-Denis, j'ai lu par-dessus l'épaule de mes voisins l'essentiel de *France-Soir,* du *Monde,* du *Parisien Libéré,* et j'ai refait surface à Saint-Germain-des-Prés. D'après *France-Soir,* la situation était dramatique, d'après *Le Monde* elle suscitait de sérieuses réserves, et d'après le *Parisien* les Français réclamaient plus de sévérité. Je suis allé à pied jusqu'au bas du boulevard Raspail, avec une escale à la librairie spécialisée du boulevard Saint-Germain, où j'ai acheté le *British Chess Magazine* de novembre. Je l'ai glissé dans la poche intérieure de mon trois-quarts.

Dans le bas du boulevard Raspail, j'ai pris la voiture de location que j'avais retenue, une grosse Fiat. On m'a montré où étaient les vitesses et j'ai décollé. Il était 18 h 45. J'ai pris à droite à Sèvres Babylone, et puis encore à droite à travers ce quartier de ministères et de coûteux immeubles anciens, j'ai passé devant la propriété de feu Onassis et rejoint le boulevard Saint-Germain. Avec la circulation, mon quart d'heure s'était écoulé. A 19 heures pile, je me suis rangé en double file, parmi d'autres voitures en double file, du côté gauche du boulevard Saint-Germain, en face du Bocal de Jude, qui fermait.

A 19 h 01, Albert Pérez a franchi la porte en même temps que deux ou trois préparatrices, et derrière lui M. Jude a fini de fermer la grille et l'a verrouillée de l'intérieur. L'ami Bébert cependant, un grand jeune homme maigre et très brun, avec des yeux bleus et des côtelettes, une cigarette américaine au bec, en veste longue de mouton retourné, gagnait une entrée piétonnière du parking Saint-Germain-des-Prés, dans quoi il s'est engouffré.

Quand sa Simca, une Rallye 2, est sortie du parking et a pris la même direction que samedi dernier, j'étais déjà dans la rue de Rennes. C'est seulement beaucoup plus loin, passé la gare Montparnasse, en face de la boucherie Bigeard, aux abords du boulevard Pasteur, qu'il m'a doublé. Une demi-heure plus tard, nous franchissions le pont de Saint-Cloud, moi cent mètres derrière lui. L'autre semaine, j'avais continué avec la 2CV, mais il m'avait semé avant même la sortie du tunnel, comme de bien entendu. Cette fois je lui ai filé le train jusqu'à ce qu'il sorte de l'autoroute à Rouen, et au-delà, par une nationale montueuse, jusqu'à Dieppe. Il ne respectait pas du tout les limitations de vitesse, et deux fois j'ai cru le perdre, mais finalement, non.

A Dieppe, il était un peu plus de dix heures du soir, mais l'ami Pérez est allé tout droit, en habitué, se loger dans un des rares hôtels ouverts hors saison parmi ceux qui s'alignent face à la mer sur la promenade. Je ne voyais pas de raison de ne pas en faire autant. J'ai laissé passer cinq minutes après qu'il est entré dans l'établissement avec une petite valise de fibranne, puis je suis entré à mon tour avec ma mallette. Comme le gros homme sans cravate, à la réception, me donnait une clé, et alors que je me demandais dans quel endroit du rez-de-chaussée je pourrais bouquiner d'un air naturel en guettant si Bébert ressortait, voilà qu'il est redescendu, le Bébert, aussi sec.

— Bonsoir, monsieur Pérez, a lancé jovialement le réceptionniste en cueillant la clé que Bébert abattait vers lui entre le pouce et l'index, d'un mouvement de bras ostensible et courbe, comme un fantaisiste dans une comédie américaine ; et Bébert est sorti ; je ne pouvais décemment pas lui emboîter le pas.

Quand le gros homme m'a eu précédé dans l'escalier en ahanant, et montré la chambre, qui était froide et humide avec un papier mural beige orné de scènes de chasse dans le style néo-putain, quand il a eu reçu une pièce d'un franc en pourboire et quand il a eu repassé la porte, et quand je l'ai eu refermée sur lui, vite j'ai foncé ouvrir la croisée mais c'était bien trop tard pour apercevoir le dénommé Pérez Albert, à coup sûr éloigné depuis un bon moment, soit qu'il fût hors de vue dans les ruelles, soit qu'il se fût engagé sur la vaste esplanade-promenade qui sépare le front de mer de la mer, à Dieppe, et où l'éclairage, en ce mois creux, faisait plutôt défaut.

Je n'ai pas aperçu Albert Pérez mais, au fond à gauche de l'esplanade, tout au bord de la mer, sous le ressaut de falaise au sommet de quoi il y a le château de Dieppe avec son musée, ses peintures, ses trophées maritimes et ses ivoires ouvrés, j'ai vu une manière de kiosque géant, marqué de lumières multicolores, et qui était à n'en pas douter le casino de Dieppe.

Avant de m'y rendre, j'ai pris une douche et puis je suis allé me taper des moules, des frites, de la bière du côté du port. Je pensais qu'Albert était au casino. Je ne pensais pas qu'il en décollerait avant minuit.

Un peu après minuit, j'ai traversé la promenade, la vaste esplanade coupée d'un lacis de voies pour automobiles, ponctuée de réverbères et déserte comme un glacis. Dans l'ombre on entendait gronder la mer. Un vent froid venu du Nord apportait sur la ville de l'eau et du sel, et cinglait mes oreilles. J'ai contourné un golf miniature et accédé au casino. La salle de cinéma, qui passait le dernier Bronson, était éteinte depuis un moment, mais du côté des jeux et de l'orchestre, il y avait du monde et même foule, et cela contrastait vivement avec le caractère désolé et sibérien de l'esplanade.

Albert Pérez était au chemin de fer. Il avait devant lui une quantité de jetons considérable. Comme je le regardais, il a encore gagné quinze mille francs au banquier, un quadragénaire au nez busqué, avec des lunettes à verres rectangulaires, qui venait de dire « J'en donne » avec un accent assez prononcé, américain je crois, et qui a abattu un quatre et deux trois avec un grognement de déplaisir. Quinze mille francs sont allés aussi à un petit type au crâne rasé, au bout de la table. Puis quelqu'un d'autre a banqué. Je ne comprenais pas le déroulement du jeu parce que je ne sais pas jouer au chemin de fer. Tout ce que je sais c'est que Pérez jouait très irrégulièrement, tantôt la forte somme et tantôt de dérisoires clopinettes, et qu'il perdait des clopinettes et gagnait des pacsons. A ce train-là, ils en avaient pour un moment.

Je suis allé boire un verre au night-club où quatre nègres en dashiki faisaient danser les fils de mareyeurs et les filles de commerçants, dont les parents papotaient par vastes tablées au fond de la salle. J'ai très lentement siroté un whisky à l'eau plate, en réfléchissant à ce que la vieille dame m'avait raconté cet après-midi.

Sa fille avait disparu depuis un mois. Sa fille : Philippine Pigot, née pendant la guerre, orpheline de père et bâtarde (« L'homme est mort à la guerre, elle ne l'a pas connu », m'avait dit Mme Pigot), et célibataire, et aveugle de naissance. Blonde, 1,70 m, musclée, assez jolie d'après les photos. Elle faisait du sport. Elle semblait s'être assez bien lancée dans l'existence, malgré sa cécité. De la natation, du cheval (accompagnée) et même de la danse (« Ce n'est pas un résultat réellement artistique qu'elle recherche, c'est une discipline, voyez-vous ? »). Elle avait un emploi correctement payé de dactylographe (en Braille) à une certaine Fondation Stanislas Baudrillart, qui se consacre à la promotion sociale des aveugles. Elle vivait chez sa mère, dans leur maison de Mantes-la-Jolie, et prenait le train matin et soir, cinq jours par semaine, pour se rendre à son travail à Paris et en revenir.

En août, elle avait passé ses congés payés en Grèce, dans un club de vacances. Elle avait repris son travail au début de septembre, et à la fin de septembre elle avait disparu. Un mardi, elle était partie comme chaque matin à son travail, mais elle n'y était pas allée et on ne l'avait pas revue. La police avait fait les recherches usuelles. Peu de chose, en l'absence de tout indice.

— A Paris, avais-je demandé à la mère, est-ce qu'elle avait des amis et connaissances ? Je suppose que tout ça a été vérifié, mais...

— Pas d'amis, non. Ses collègues de bureau.

— Mais à part ça ? Un... un garçon, peut-être, non ?

— Non.

— Excusez-moi, mais vous ne pouvez pas vraiment être sûre de ça, si ?

— Je suis sa mère, monsieur Tarpon.

— Oui, d'accord, madame Pigot, mais quand même.

— Elle n'en avait pas le temps matériel, monsieur. Ses horaires étaient absolument précis. Elle n'a jamais... traîné ou quoi que ce soit. Jamais en retard.

Ce qui ne prouvait absolument rien, bien entendu. La piscine, la danse, l'équitation, les vacances, les trajets, tout ça est plein d'hommes, et de femmes aussi bien, et il est toujours plein de trous, l'emploi du temps des vivants, mais j'ai laissé tomber la discussion.

J'avais posé plein d'autres questions, pas toutes pertinentes d'ailleurs, et ce qu'il en ressortait c'est qu'il n'en ressortait rien qui tirât l'œil. Je n'avais plus qu'à me farcir les vérifications de routine, que la police avait déjà faites. J'avais presque eu envie de suivre l'avis de Coccioli et de ne rien faire du tout.

— Dans les jours qui ont immédiatement précédé sa disparition, avais-je demandé, est-ce qu'il n'y a rien eu d'inhabituel ? Si elle était rentrée un soir, je ne sais pas, disons un peu agitée, ou anormalement calme, ou n'importe quoi, je ne sais pas. Ou des coups de téléphone qu'elle aurait reçus ?

— Non.

— Vous êtes sûre ?

— Absolument.

Les réponses de Mme Pigot partaient comme des balles de tennis. Et c'est troublant, les réponses-balles, parce que ce ne sont pas des réponses, ça signifie simplement que votre interlocuteur a décidé de vous donner telle réponse, et pas telle autre. Maintenant, s'il a décidé ça, votre interlocuteur, c'est généralement parce qu'il s'est fait une opinion dont il ne veut pas démordre, soit qu'il possède assez d'intelligence pour s'être formé une opinion exacte et juste, soit qu'il n'en possède pas assez. Et quelquefois aussi, c'est parce que votre interlocuteur vous ment. Voilà ce que je me disais en finissant mon whisky à l'eau plate.

II

Je suis rentré à Paris le dimanche dans l'après-midi. Albert Pérez avait gagné énormément d'argent dans la nuit de samedi. A 10 heures du matin, comme j'ingérais au bar de l'hôtel un croissant gluant avec un crème bourbeux, le laborantin était descendu comme une balle, la mine morne et la mâchoire pas rasée, et il était parti aussi sec, valise en fibranne et tout. Je n'avais pas eu le temps matériel de filer derrière lui. J'avais repris un peu plus tard le chemin de Paris, en m'arrêtant en chemin pour un modeste gueuleton aux frais de M. Jude.

A Paris, je suis passé par la porte de Clignancourt et, rue Championnet, où Albert Pérez habite, j'ai vu sa Simca qui stationnait. Je suis allé rendre la Fiat au loueur et je suis rentré chez moi en métro.

Le service des abonnés absents m'a énuméré les appels téléphoniques qu'il y avait eu pour moi depuis la veille. Coccioli d'abord, qui demandait que je le rappelle, mais ne me laissait pas de numéro pour ce faire. Puis quelqu'un qui n'avait laissé ni message ni son nom. Puis Charlotte Malrakis qui m'invitait à une soirée chez elle samedi prochain et demandait que je rappelle pour confirmation. Puis de nouveau quelqu'un qui n'avait laissé ni message, ni son nom, et qui avait encore rappelé deux fois dans la matinée. J'ai remercié l'employée et j'ai repris ma ligne.

J'ai commencé par appeler M. Jude à sa résidence secondaire et je lui ai fait un compte rendu schématique de mon week-end. Il s'est mis à bouillir de rage à l'autre bout du fil et à traiter Albert Pérez de tous les noms.

— Je veux qu'il aille en prison, ce petit con ! a-t-il hurlé. Je veux qu'il comprenne sa douleur ! Qu'est-ce que je fais ? Je préviens la police ?

— Ben, ai-je soupiré, s'il avait perdu hier soir, je vous aurais bien dit oui. Un type qui vole de l'argent et qui le perd au jeu, il vit dans l'angoisse, n'est-ce pas. Il suffit que les flics le secouent un peu, il craque.

— Oui, oui ! (Il paraissait content et méchant.)

— Mais il a gagné cette nuit. Il est euphorique. Nous n'avons pas de preuves. Il y a une chance sur deux pour qu'il ne craque pas du tout. D'ailleurs, je n'ai pas la certitude que c'est lui. (Par inadvertance, j'ai fait avec ma salive un bruit dégoûtant.) D'un autre côté, si nous attendons qu'il reperde, il ne sera plus en état de vous rembourser, si c'est lui qui...

— Ah mais je m'en fous, de l'argent ! a crié Jude. Prenez une semaine de plus et trouvez-moi des preuves. Ce que je veux, c'est qu'il soit puni, comprenez-vous ?

— Je comprends.

— Débrouillez-vous. Faites comme Maurice Thorez.

— Pardon ?

— N'hésitez pas à plonger votre perche dans la vermine, a-t-il déclaré avec un contentement immense et il a éclaté de rire.

J'ai poussé un soupir.

— Je vous rappellerai en fin de semaine, ai-je dit.

— Rappelez-vous. (Il était redevenu méchant.) Je veux mon voleur en prison. Je veux qu'il bouffe de la crotte.

— Je me rappellerai.

Nous avons raccroché. Je me sentais déprimé. Avant d'être enquêteur privé, je faisais gendarme. Pas le bon gendarme qui vous déconseille les excès de vitesse, qui retrouve les marmots fugueurs et débrouille les drames de l'alcoolisme, non. J'étais dans la mobile, c'est-à-dire que je passais le plus clair de mon temps à attendre dans des cars, avec interdiction d'en sortir et une taraudante envie de pisser, et puis de temps en temps nous dispersions des coalitions tumultueuses d'ouvriers. Et j'ai tué un bonhomme. Et j'ai quitté. (Depuis, les camarades ont touché des cars d'un modèle nouveau, à quoi des latrines sont incorporées. Mais même avec des latrines incorporées, je n'étais plus confortable dans la gendarmerie.)

Si j'ai fait enquêteur, ensuite, je crois que c'était en partie pour faire le Bien, comme on m'a conseillé au cathéchisme et chez les Louveteaux. Et où est-ce que je me retrouve ? Chez tout-nu. Je traque de pauvres crétins de traîne-latte pour empêcher qu'ils dépossèdent des possédants comme M. Jude. Pendant que des trafiquants de drogue siègent à l'Assemblée Nationale et ailleurs. Et qu'est-ce que j'y peux ?

Bref, je me sentais déprimé.

Le téléphone a sonné. J'ai décroché.

— Cabinet Tarpon.

— Eugène Tarpon ?

— De la part de qui ?

— Je vous dirai ça. Vous êtes chez vous dans l'heure qui vient ? Je passe vous voir.

— Nous sommes dimanche, ai-je observé.

— Je suis pressé de vous voir.

— Bon. Je vous attends. (Après tout, je n'avais rien à faire de mon dimanche. De ce qu'il en restait.)

L'homme — voix sèche, juvénile, pas très distinguée, autoritaire, antipathique — a raccroché. Je suis allé défaire mes bagages, c'est-à-dire que j'ai ouvert ma mallette et rangé mon pyjama et ma brosse à dents. J'ai pris le *British Chess Magazine* et je suis revenu m'asseoir au bureau. J'ai sorti d'un tiroir mon échiquier miniature et mon dictionnaire Harrap's. J'ai commencé à reconstituer une partie qui avait opposé, trois ou quatre mois auparavant (pendant que Philippine Pigot était en Grèce), Lhamsuren Magmasuren et Tudev Uitumen, à Oulan-Bator, dans le cadre de la Spartakiade de Mongolie. J'espère que je me fais bien comprendre. En tout cas c'est Uitumen qui a gagné, en vingt-huit coups. Pour comprendre le commentaire, je cherchais les mots dans le Harrap's. Ce qu'il y a de bien avec les échecs, c'est que ça me fait apprendre l'anglais, et on se défend mieux avec une langue étrangère, dans la vie.

Quand j'ai eu fini de rejouer la partie, comme je

venais de remettre en place les pièces et les pions, on a sonné à la porte. J'ai remis dans le tiroir le dictionnaire et l'échiquier et je suis allé ouvrir.

Il est entré comme je m'y attendais un peu, le menton haut levé, les bras le long du corps, une demi-rotation du buste et hop et boum, l'épaule en avant, et tout ce qu'il y a dans le passage n'a plus qu'à se garer devant le vrai dur. Mais j'avais ouvert ma porte d'environ quarante degrés et au-delà ma chaussure comme par hasard la calait. De sorte qu'il s'est cogné les épaules dans l'embrasure et bêtement heurté le coin de la gueule dans l'huis.

— N'y a pas de mal ? ai-je demandé.

Il a reniflé.

— Tarpon ?

— C'est vous qui avez téléphoné tout à l'heure sans dire votre nom ?

Derechef il a démarré en marche avant et nos fronts ont failli se cogner parce que je ne me suis pas effacé. Il a fait sur lui-même un effort méritoire.

— Charles Pradier, a-t-il dit. C'est au sujet de Philippine Pigot. Je peux entrer, oui ?

J'ai hoché, je me suis écarté. Nous avons traversé l'antichambre, qui se trouve être ma chambre, avec le canapé-lit bleu, le guéridon et le porte-revues, et nous nous sommes installés dans l'autre pièce qui est mon bureau. (J'ai aussi une cuisine, et c'est tout. Les latrines sont sur le palier et il y a des bains-douches municipaux rue des Écluses-Saint-Martin, si vous voulez savoir.)

Charles Pradier était un grand garçon brun aux yeux bleus, maigre, avec des cheveux drus et des pattes. Il ressemblait un peu à Albert Pérez. Il portait un loden beige sur un complet de soie. Il y avait un truc futé dans le tissage du complet, vu qu'objectivement sa couleur était un gris presque noir, et pourtant il avait des reflets pourpres. La nuit sous certains éclairages, il devait être quasiment phosphorescent. C'était du meilleur goût. Avec ça une cravate très large à arabesques façon aile de papillon, sur une chemise gris perle. Une barrette en or fixait sa cravate au bas de son sternum, et il avait aussi une chevalière en or avec un emblème maçonnique. Ses chaussures anglaises étaient acajou. Il a sorti une cigarette blonde d'un étui en or, il l'a insérée dans un fume-cigarette Dunhill cerclé d'argent et il l'a allumée avec un briquet publicitaire Laurimette offert par les lampes Mazda. J'attendais patiemment.

— Alors, ai-je dit enfin. Au sujet de Philippine Pigot ?

— Elle n'a pas disparu. Elle a foutu le camp de chez elle.

— Qui a dit qu'elle avait disparu ?

— Comment ? a-t-il fait en tendant la tête en avant. Ah ! Oui ! Je vois ! Vous voulez dire comment on a su que la vieille s'est adressée à vous. Par la police, mon vieux.

— Ah bon. La police est au courant.

— Comment ça, au courant ? (De nouveau la tête en avant, le cou tendu.) Non ! Pas du tout ! Mais mon copain leur a écrit. Attendez que je vous explique. Philippine Pigot a foutu le camp avec mon copain.

— Votre copain ?

— Peu importe son nom, a déclaré Pradier d'un ton

livresque. Moi, je ne connais pas les détails, comment je dirais ? psychologiques, hein ? Mais le fait est qu'ils se fréquentaient, mon copain et elle. Et alors mon copain est parti s'installer à l'étranger, parce qu'il est dans les affaires. Et alors la fille a choisi de le suivre parce qu'elle l'aime. Lui aussi, il l'aime. C'est une histoire d'amour, hein ? Maintenant, si vous vous demandez pourquoi elle n'a pas expliqué la situation à sa vieille, Philippine, hein, moi j'en sais rien, je ne suis pas dans leurs pompes, c'est une histoire de conflit de générations, hein, vous voyez ?

Je voyais plus ou moins.

— Vous connaissez Philippine ?

— Ben oui ! (Il m'a jeté un coup d'œil méfiant.) Ouais, enfin, pas tellement.

— Elle est blonde ou rousse ? ai-je demandé.

Une dizaine de secondes, il est resté la bouche ouverte, et il a eu l'air successivement éperdu, puis haineux, puis rusé.

— Cette blague ! s'est-il exclamé. Elle est brune !

A l'idée d'avoir triomphé d'un piège subtil, il rayonnait.

— Il s'appelle comment, votre copain ? Où est-ce qu'il est ?

— Ah non, ça, désolé, je ne peux pas vous le dire.

— Vous comptez que je vais vous croire sur parole ?

— Ah mais non ! (Il rayonnait de plus en plus. Il a fouillé dans la poche intérieure de son loden qu'il avait déboutonné mais point enlevé.) J'ai un message ! J'ai une lettre de Philippine. (Il a sorti une enveloppe ordinaire sur quoi on lisait *Monsieur E. Tarpon*, dactylographié. L'enveloppe était ventrue. Il me l'a tendue.)

— Elle ferait peut-être mieux d'écrire à sa mère, ai-je observé en ouvrant l'enveloppe. Vous feriez peut-être mieux d'aller voir sa mère.

— Franchement, Tarpon, vous vous êtes déjà expliqué avec une mère ? Elle va me sauter sur le râble en hurlant, elle va ameuter les voisins, je vais me retrouver avec police-secours au cul. C'est des amoureux ! s'est écrié Pradier avec ferveur. Ils veulent qu'on leur foute la paix, ça se comprend, hein ?

J'ai poussé un grognement dépourvu de signification spéciale. Dans l'enveloppe, il y avait une seule feuille grand format, d'une espèce de papier épais comme du dossier, lisse d'un côté et pelucheux de l'autre, et brun clair. Au bas du côté lisse, il y avait une grande signature au marqueur à pointe de feutre, une pointe très épaisse, la signature tenait toute la largeur de la feuille, quelque chose comme quinze ou dix-huit centimètres. L'essentiel de la feuille, au-dessus de la signature, si l'on regardait bien, était couvert de petites tuméfactions, comme si l'on avait engagé la feuille à l'envers dans une machine à écrire sans ruban, et comme si l'on avait tapé plein de points, au hasard, très fort, dans le dos de la feuille.

— Mais qu'est-ce que c'est que ça ? ai-je demandé avec bon sens.

— Ben quoi, c'est du Braille, a répliqué Pradier avec un bon sens encore supérieur. La pauvre môme est aveugle.

— C'est tapé avec une espèce de machine, non ?

— Moi, je ne sais pas, je ne suis pas aveugle, ils m'ont donné ça comme ça.

— Oui, mon vieux, ai-je dit. Mais moi, un message

à la machine, juste la signature manuscrite... (La signature était très nette : PHILIPPINE.) Non, ai-je dit, ça n'est pas très net. Ce que je devrais faire, c'est vous sauter moi-même sur le râble et appeler police-secours. Je vais peut-être le faire.

— Auparavant, a dit Pradier, vous pourriez appeler l'officier de police Coccioli. A ce moment-là, vous vous rendrez compte que nous avons fait porter à la police un message qui l'a pleinement satisfaite. Si vous appelez police-secours, ça va juste nous faire des emmerdes et des complications, à vous et à moi, c'est pas utile.

— Vous pouvez me donner votre adresse ?

— J'aime mieux pas.

— Bon, ai-je dit. Je préfère quand même appeler les flics.

Il s'est visiblement tendu sur son siège.

— Écoutez, Tarpon...

Le téléphone a sonné à ce moment. J'ai décroché. Pradier a consulté sa montre, une de ces machines si bon marché et si pratiques, sur quoi il faut appuyer avec l'autre main pour que les chiffres s'allument.

— Monsieur Tarpon ?

— Lui-même. (Il me semblait que je reconnaissais la voix.)

— Mme Pigot à l'appareil. Marthe Pigot. Il faut que je vous voie tout de suite. (Elle criait dans le téléphone, mais je ne pense pas que Pradier entendait. Tout de même j'ai pressé le combiné hermétiquement contre mon oreille et j'ai refermé ma paume sur l'écouteur auxiliaire.)

— Voulez-vous que je vienne ? ai-je demandé.

— Non, pas chez moi ni chez vous. Gare Saint-Lazare, la salle des pas perdus, mettons 7 h 30 ce soir.

— Je peux y être plus tôt, vous savez. (Je ne pouvais pas discuter alors que Pradier était à un mètre de moi et me regardait d'un air placide à travers la fumée de sa seconde cigarette.)

— Non. 7 h 30, gare Saint-Lazare.

— Bon.

Elle a coupé la communication. J'ai posé le combiné et appuyé sur la fourche avec l'index. Au troisième essai, j'ai obtenu la tonalité.

— Permettez une seconde, ai-je dit à Pradier en essayant de retenir son attention et en formant le 17 au jugé.

— Ah non, j'ai dit pas les flics, a-t-il déclaré plutôt calmement en se levant.

J'ai ouvert le tiroir où se trouvent mon dictionnaire et mon échiquier. J'ai bien une arme à feu, mais elle était au fond de l'armoire métallique de classement, sous mes draps de rechange.

— Si vous faites un pas vers cette porte, ai-je menacé avec une certaine nervosité, je vous abats.

Il m'a franchement ri au nez, le malpoli, et il m'a tourné le dos et il est parti vers la porte, mains dans les poches. Au bout du fil, j'ai brusquement eu la tonalité musicale de l'interurbain automatique, ce qui prouve que lorsqu'on appelle la police à tâtons, il arrive qu'on se goure de numéro. J'ai jeté le combiné sur la fourche et je me suis rué à la suite de Pradier. Je l'ai rattrapé dans l'antichambre à l'instant où il ouvrait la porte de sortie. Il a pivoté sur ses talons en sortant les mains de ses poches et il a lancé son poing droit vers ma mâchoire. Je suis passé sous le poing et mon crâne a fortement percuté l'extrémité inférieure de son sternum. Ça m'a fait mal à la tête, et lui, il est parti en arrière la bouche ouverte, les bras ballants, et il s'est écrasé contre la porte de la cuisine avec un bruit sourd. J'ai pivoté pour filer chercher mon pistolet automatique dans l'autre pièce, et à ce moment-là, quelqu'un a ouvert la porte d'entrée dans mon dos et m'a tapé sur la tête avec une enclume ou quelque chose.

Je suis tombé à quatre pattes. Dans cette position, je me suis dirigé vers l'autre pièce. Mes pensées étaient confuses, mais j'avais toujours dans l'idée d'aller chercher mon pistolet.

On m'a foutu un deuxième coup, dans les reins cette fois et ça m'a fait très mal, alors que dans la tête je ne sentais rien. Je suis tombé sur le côté.

— Lève-toi, petit imbécile ! a dit l'enclumeur mais il s'adressait à Pradier qui avait du mal à récupérer, au bas de la porte de la cuisine.

Finalement, l'enclumeur, que je voyais mal — j'ai juste distingué une silhouette en imper ou trench-coat — l'enclumeur a empoigné Pradier au collet et l'a relevé et remorqué vers la sortie.

— Ouh-ouh, grognait Pradier, laissez-moi, ouh-ouh, lui marcher, ouh-ouh, sur les couilles, ouh. (Vraisemblablement, c'est de mes organes qu'il parlait, mais l'autre l'a entraîné dehors et Pradier était trop faible et trop groggy pour imposer son point de vue. Ils ont fermé la porte derrière eux.)

Il m'a fallu peut-être trois ou quatre minutes pour récupérer suffisamment et me remettre debout. C'était trop tard pour courir après mes oiseaux, et mes fenêtres donnent sur la cour. Bravo, Tarpon, belle efficacité.

J'avais une petite déchirure au cuir chevelu et du sang avait coulé sur l'arrière de ma tête et dans mon cou. Je me suis mis torse nu. Mon veston n'avait rien, mais le col de ma chemise était taché. J'ai mis ma chemise à tremper dans une cuvette pleine d'eau dans l'évier. Ensuite j'ai mis de l'alcool à 90 sur ma tête. Pour le reste, pas trop de dégâts. J'avais une bonne bosse, et une marque rose sur les reins. C'est demain matin que ça allait vraiment faire un peu mal.

Enfin j'ai remis une chemise et je suis retourné au téléphone. J'ai appelé chez Mme Pigot à Mantes-la-Jolie mais personne n'a répondu. Il était presque 8 heures du soir. J'ai remis ma cravate, mon veston et mon trois-quarts. Je suis parti pour la gare Saint-Lazare.

La nuit était tombée. Au voisinage de mon logis, le commerce de la chair allait bon train. Dans le métro, pas mal de monde, des salariés endimanchés revenant nerveux du goûter chez Tata Jeanne et calottant leurs marmots excédés ; des appelés en goguette ; des collégiennes britanniques glapissant à l'unisson ; des Arabes tendus ; des SDF qui faisaient la manche.

Je suis arrivé à Saint-Lazare au quart. En voyant les affiches du cinéma Saint-Lazare Pasquier, je me suis rappelé que Charlotte Malrakis a fait des cascades à moto dans le film qu'ils passaient là, et ça m'a fait penser que j'avais oublié de la rappeler.

J'ai attendu un moment dans la salle des pas perdus. D'autres personnes attendaient aussi. D'autres arrivaient. D'autres passaient.

A 19 h 34, Mme Pigot est apparue, très pressée, courant presque, vers le milieu du hall. Elle a pivoté et m'a aperçu. Je lui ai fait un signe de la main, j'ai marché vers elle, elle a couru vers moi, et à ce moment-là elle a sa tête qui a éclaté.

III

Voyez-vous, une balle, non pas vulgairement dum-dum, non pas grossièrement fendue en croix pour se briser à l'arrivée et faire du dégât comme quatre, mais au contraire très soigneusement travaillée de manière à présenter à l'avant une concavité circulaire et régulière — une telle balle, voyageant à peu près à la vitesse du son, disons trois cent cinquante mètres/seconde, pousse devant soi une boule d'air comprimé. C'est un peu comme si vous receviez une boule de billard à la vitesse du son. Celui qui vous tire dessus n'a même pas besoin d'être précis. Si vous recevez un tel projectile dans le bras, c'est suffisant : le choc vous tue.

Mme Pigot a été touchée derrière l'oreille. Elle est tombée comme si elle se jetait à plat ventre. Il s'est peut-être écoulé trois ou quatre secondes pendant lesquelles personne ne s'est rendu compte de ce qui s'était passé au juste, à part le tireur et moi. Je n'avais pas entendu le départ, parce que certainement l'homme avait un réducteur de son, et il y avait pas mal de bruit dans la salle des pas perdus, et il y avait pas mal de monde, je ne voyais pas du tout d'où était venu le tir, je restais là figé à regarder les gens qui circulaient dans tous les sens. Puis une femme s'est mise à hurler en comprenant par quoi elle avait été éclaboussée. D'autres personnes ont poussé des cris et des exclamations et donné des informations et des conseils. (Attention. C'est un attentat. Appelez quelqu'un. Ne la touchez pas, elle est blessée. C'est une grenade. Sauvez-vous.) Il y a eu un début de panique, puis un attroupement s'est formé.

Pendant ce temps je m'étais fait une idée approximative de l'angle de tir et je me dirigeais à grandes enjambées vers l'autre bout de la salle des pas perdus en dévisageant les gens qui allaient dans le même sens et qui paraissaient pressés. Ne voyant personne à qui il paraissait intelligent de dire, pardon monsieur, mais ne venez-vous pas d'abattre une dame d'un coup de feu, là-bas au fond ? j'ai fini par revenir sur mes pas. Il y avait un gros attroupement autour du cadavre et quatre policiers en uniforme semblaient s'engueuler avec l'assistance. Sur ces entrefaites, il y a eu un vacarme de sirènes à l'extérieur, et six autres policiers en uniforme ont surgi et sont accourus.

Auparavant, comme j'approchais de l'attroupement, j'ai marché sur quelque chose de petit qui s'est légèrement écrasé sous mon talon. Je me suis arrêté et j'ai scruté le sol qui était plein de mégots et de tickets usagés, et j'ai ramassé la douille sur quoi j'avais marché, qui était vide et percutée et sur laquelle on lisait SUPER-X et 45 AUTO.

— Dégageons, s'il vous plaît, m'a dit un agent.

Ils étaient en train de boucler tout ce coin de hall et ils en viraient ceux qui n'avaient rien à y faire.

— Non, ai-je dit, j'ai une déclaration spontanée à faire.

— Ben attendez, on va prendre votre nom.

J'ai dû le retenir par la manche.

— J'ai tout vu, et j'avais rendez-vous avec cette dame qui a été tuée. Et je crois que c'est la douille, là, que j'ai. Je ne vois pas ce que ça peut être d'autre. J'ai mis mes doigts dessus, je suis désolé.

— Vos doigts ? a fait le flic en me prenant la douille. Ah oui, merde, oh, a-t-il ajouté en faisant bêtement passer la douille d'une main dans l'autre, comme s'il se brûlait. Chef! a-t-il crié. Chef!

Un peu plus tard, après que j'ai eu donné l'identité de la défunte et la mienne, et quelques détails, et après que sont arrivés d'autres policiers, ceux-là en civil, on m'a emmené.

J'ai attendu jusqu'à 9 h 30 du soir dans un couloir, plus ou moins gardé par un flic pas vache qui a même proposé de me vendre des sandwiches, mais j'ai refusé car la façon dont Mme Pigot était morte m'avait ôté l'appétit ; et puis j'avais mal à la tête.

De 21 h 30 à 2 h 45, j'ai été entendu par un commissaire nommé Chauffard et deux OP qui se relayaient. Chauffard était plutôt bien. Rondouillard, moustache en brosse, il travaillait assez sérieusement et ne se prenait ni pour un héros de western, ni pour Maigret. Les OP étaient plus raides, évidemment avec sa bénédiction. Tout ce petit monde m'a cuisiné un peu longuement parce que je suis enquêteur privé, et c'est une profession bourrée de malhonnêtes, d'escrocs et de bandits. J'ai dit tout ce que je savais et je l'ai répété les quarante ou cinquante fois qu'il a fallu pour les satisfaire.

Vers 22 h 15, après mes premières déclarations, on a fait un aller et retour chez moi en voiture pour prendre le message en braille signé Philippine. De retour à la PJ, un des adjoints s'est éclipsé avec la lettre et est revenu sans. Plus tard, quand Chauffard m'a dit que je pouvais m'en aller et que je serais sûrement convoqué par le juge d'instruction, je lui ai demandé ce qu'il y avait dans le message.

— Rien d'important.

— C'est ma correspondance, ai-je observé. Vous avez une transcription, oui ?

Il a soupiré dans sa moustache et saisi un papier qu'on lui avait apporté tout à l'heure. Je ne sais pas comment il l'a repéré du premier coup dans la masse de papiers qui encombraient son bureau. Il est vrai qu'il avait de gros yeux.

— Cher monsieur, a-t-il lu, j'apprends que ma mère a fait appel à vous pour me retrouver. C'est tout à fait inutile. Je suis partie de mon propre chef, pour rejoindre mon fiancé qui a une situation à l'étranger. Je ne désire pas revoir ma mère, au moins pour l'instant. Vous perdez donc votre temps et ma mère gaspille son argent. Je vous serais reconnaissante de lui faire part de mon message. (Chauffard a relevé ses gros yeux tristes.) Voilà, a-t-il dit, elle a signé « Philippine Pigot » à la machine, avant la signature manuscrite. Vous êtes content ?

— Maintenant que sa mère est morte, ai-je dit, Philippine va peut-être se manifester.

— Ben j'espère bien !

— J'espère aussi, ai-je soupiré.

— Rentrez chez vous et foutez-moi la paix, a commandé Chauffard.

Ce que j'ai fait, dans l'ordre inverse.

Chez moi, j'ai frictionné mes reins meurtris avec du liniment, et j'ai mangé dans la cuisine un demi-camembert plâtreux qui me restait, avec du pain rassis ; puis j'ai déplié le canapé-lit et j'ai fait mon lit, en grimaçant à cause de mes reins ; et je me suis couché. Je craignais que les émotions de la soirée m'empêchassent de dormir, mais non.

A 14 h 15 le lundi, après avoir énormément pioncé, j'ai été éveillé par l'officier de police Coccioli qui tambourinait à la porte. Je lui ai ouvert.

— C'est une visite amicale, a-t-il dit en jetant *France-Soir* et plusieurs enveloppes sur le lit défait. Je suis au repos, aujourd'hui. Je passais dans le quartier, alors... (geste). Je vous ai monté votre courrier.

Je nous ai fait du Nescafé. Je me suis rasé et habillé pendant que l'eau chauffait, puis je suis revenu avec les deux tasses pleines et nous nous sommes installés dans mon bureau, où j'ai emporté *France-Soir* et mon courrier.

Pour un type qui fait une visite amicale un jour de repos, Coccioli avait l'air tendu. C'est un grand type brun aux cheveux très drus rejetés en arrière, le teint mat, les yeux noirs, avec un très grand nez un peu crochu, des lèvres pleines et des dents un peu saillantes. Il sourit facilement ; quand il sourit, il plisse les yeux et il a l'air de souffrir. Présentement, il ne souriait pas du tout et il se passait sans cesse la main dans les cheveux. Il se mordillait aussi la lèvre inférieure, qui portait des traces de morsures.

J'ai feuilleté *France-Soir.* Le meurtre de Mme Pigot était en première page, mais en tout petit, juste un titre qui renvoyait à l'intérieur. A l'intérieur, il y avait deux colonnes sur un tiers de page, sans illustrations. *La Victime de la Fusillade,* disait le sous-titre, *avait Rendez-Vous avec un Détective Privé.* J'ai parcouru l'article. Un certain commissaire Madrier avait été chargé de l'enquête. J'ai levé les yeux.

— J'ai été entendu par un commissaire Chauffard, cette nuit, ai-je dit. Et là, ils écrivent...

— Il a été dessaisi. Je connais Madrier.

— Ah bon.

On s'est regardé en chiens de faïence. Je ne lui demandais rien, moi, à Coccioli. Il se tapait dans la paume gauche avec le point droit.

— Antonin Madrier, a-t-il répété au bout d'un moment. Je le connais. J'étais avec lui à Marseille, il y a quatre ans.

— Ah bon.

— Section financière du SRPJ. Nous avons été démantelés.

— Oui ?

— Mutés dans toutes les directions. On a eu des promotions. Surtout Madrier.

— Ah bon, ai-je dit encore.

Je promenais mon regard sur le courrier. J'avais étalé les enveloppes en éventail sur le bureau. Il y avait apparemment une offre d'abonnement à un hebdomadaire, la note du téléphone, un relevé de banque et une lettre. La lettre avait été levée à minuit la nuit dernière à Mantes-la-Jolie, le cachet de la poste en faisait foi.

— Coccioli, ai-je dit, c'est un nom corse ou un nom italien ?

— C'est un nom italien, mais je suis corse.

— Un gars est venu me voir dans l'après-midi d'hier, me dire que tout était arrangé, que Philippine Pigot était partie, elle n'avait pas « disparu ». Et il m'a dit de vous téléphoner, si je ne le croyais pas. Il m'a dit en gros que la police avait reçu un message, de Philippine ou bien du fiancé de Philippine, je ne sais plus très bien, et qu'elle était pleinement satisfaite, la police.

— Je ne vois pas bien comment un simple message pourrait être satisfaisant dans une affaire de disparition.

— Non. Moi non plus.

— Tout ce que je sais, c'est que c'est Antonin Madrier qui s'occupe de la chose. De la disparition de la fille, c'est-à-dire. Il est dégueulasse, votre Nescafé ; vous en mettez trois fois trop. (Il a néanmoins vidé sa tasse et il l'a reposée avec une grimace qui avait l'air d'un sourire.) Je sais ce qu'il vous a dit, le gars qui est venu vous voir hier après-midi, j'ai consulté le dossier, avant que Chauffard soit dessaisi. Il n'y a rien que vous auriez oublié de dire, la nuit dernière ?

— Qu'est-ce que ça peut vous faire ? C'est pas vous qui vous occupez de l'affaire.

— Non, a dit Coccioli, ce n'est pas moi, c'est

Madrier. (Et il a souri comme si on lui enfonçait quelque chose dans le ventre.)

J'ai pris l'enveloppe qui venait de Mantes et je l'ai ouverte sur mes genoux. Elle contenait seulement une photographie.

— Je ne vois rien que j'aurais oublié, ai-je dit.

La photo était un cliché d'amateur sur lequel on voyait un couple souriant près d'un berceau dans un jardin. La jeune Marthe Pigot portait un chemisier et un tailleur rembourré aux épaules, avec une jupe à mi-mollet. Elle était coiffée d'un chignon et ses cheveux étaient tout frisés sur le devant. L'homme, dont le berceau cachait les jambes, portait une chemise d'uniforme sombre et un béret façon Chasseurs Alpins. La femme n'avait pas plus de trente ans. L'homme en avait peut-être dix de plus. Le béret était surexposé.

Au verso de la photo, on avait griffonné quelques lignes au crayon, d'une écriture haute et précipitée : *Dimanche 6 h 15 — Tarpon si je ne suis pas au rv — il m'aura fait disparaître aussi — C'est le père de Philippine — Elle l'avait reconnu il y a six semaines — Je n'y avais pas cru — FANCH TANGUY* (Ce nom en capitales, souligné trois fois à traits brusques ; puis la signature :) *Marthe Pigot.*

— Comme vous n'avez plus de cliente et que la police prend les choses en main, a dit Coccioli, je suppose que vous laissez tomber.

J'ai encore retourné deux fois la photo entre mes mains, puis j'ai relevé les yeux vers le policier qui me regardait d'un air faussement candide, en réalité fouille-au-pot au dernier degré, et puis j'ai jeté sur le bureau l'enveloppe et le cliché et j'ai adressé un signe de tête à Coccioli. Il a examiné et il a lu et il a réexaminé.

— Dans ce merdier, a-t-il dit calmement, il ne manquait plus qu'un Breton.

IV

La défunte Marthe Pigot avait habité, avec Philippine, un appartement dans un immeuble locatif dont j'avais l'adresse, dans le centre de Mantes-la-Jolie. J'ai laissé la 2 CV trois cents mètres plus loin, après être passé devant les lieux à vitesse modérée en tâchant de voir s'il n'y avait pas des flics sur le tas.

Dans le hall, une boîte à lettres m'a appris à quel étage se trouvait l'appartement. Je suis monté à pied car il n'y avait pas d'ascenseur. C'était un immeuble ancien, solide et cossu, un peu dégradé : le tapis de l'escalier était élimé, la peinture lépreuse sous les fenêtres étroites et hautes. Le plancher du palier grinçait.

Je pensais me faire montrer les lieux par la concierge. Il me reste des vieux papiers du temps où j'étais gendarme, et les citoyens ordinaires savent rarement avec certitude qu'un gendarme n'opère jamais en civil. J'ai quand même fait une tentative sur le pène à ressort avec un porte-cartes en plastique, et la porte s'est ouverte. Je suis entré, j'ai refermé derrière moi.

L'appartement Pigot était à peu près carré, avec un couloir central. A main droite, cuisine, bains et une chambre ; à main gauche une autre chambre et la salle de séjour. Le mobilier et la décoration étaient lourds. Les teintes dominantes étaient le marron foncé, genre Henri II et, pour les fauteuils et les épais doubles rideaux, le vert bronze. Guilleret. Tout cela était vétuste.

Le téléphone était dans le couloir. Je suis passé devant, puis je me suis arrêté et je suis revenu en arrière, j'ai saisi le combiné et dévissé l'écouteur. Il y avait dedans un petit micro en forme de capsule d'Antigrippine. Je l'ai laissé, j'ai revissé l'écouteur et raccroché le combiné.

Dans la chambre de Phillipine, il y avait une machine à écrire le braille sur un guéridon aux pieds torsadés, et une abominable poupée de cinquante centimètres de haut, costumée en Gitane avec une robe rouge et un peigne dans les cheveux, sur le lit à cosy-corner. Je ne me suis pas attardé. Quand on perquisitionne, il faut venir pour des choses précises, ou bien il faut absolument tout trier, ce qui prend des heures. Je suis passé dans l'autre chambre et j'ai ouvert la penderie. Cinq ou six robes assez élégantes, deux tailleurs idem, des chaussures à la mode, etc. Pas de chapeaux.

Le chapeau de paille noire vernie avec la longue épingle et la grosse perle fausse, je l'ai trouvé dans la salle de bains, avec la robe de chaisière et les bas noirs. Tout ça était jeté par terre dans un coin, entre le radiateur de chauffage central et le panier à linge sale. Quand Marthe Pigot était venue au rendez-vous de la gare Saint-Lazare, quand on l'avait abattue, elle portait un manteau d'acrylique imitant la fourrure.

J'ai quitté l'appartement. Dehors, le jour tombait et il s'était mis à pleuvoir. Il faisait froid. C'était vraiment un temps dégueulasse. J'ai relevé le col de mon trois-quarts et je me suis dirigé à grands pas vers la 2 CV.

— Vous êtes pressé, Tarpon ? Vous avez trouvé ce que vous cherchiez ? m'a demandé Charles Pradier surgi sur ma gauche et qui m'emboîtait le pas.

J'ai jeté un coup d'œil sur ma droite, côté chaussée. Quelqu'un m'encadrait aussi par là, un pas en arrière, et m'a doucement poussé le coude.

— Ne faites pas l'imbécile, nous voulons seulement parler. Marchons jusqu'à votre voiture.

Je n'ai rien répondu. Nous avons marché jusqu'à ma voiture et nous y sommes montés, moi au volant, Pradier à côté de moi, et l'autre type derrière.

— Ne vous retournez pas, m'a-t-il dit comme je voulais me retourner pour le dévisager et il a empêché le mouvement de ma tête en me saisissant les cheveux à pleine main ; j'ai grimacé parce que ça tirait sur le cuir chevelu là où il l'avait abîmé la veille. Répondez, a-t-il commandé, vous avez trouvé ce que vous cherchiez ?

Nous étions là dans ma 2 CV, dans le froid, avec des gens pressés qui passaient sur le trottoir à moins de cinquante centimètres de moi, et des voitures qui piétinaient sur la chaussée dans la circulation chargée, et nous étions complètement isolés dans cette espèce de caisse, et Pradier m'a fouillé sommairement pour s'assurer que je n'avais pas d'armes. Les vitres étaient couvertes de gouttes de pluie et ruisselaient, et filtraient en halo les enseignes allumées des magasins et les feux tricolores de la circulation.

— Qu'est-ce que vous cherchiez ? a encore demandé l'enclumeur comme je ne répondais pas.

— Vous êtes peut-être le fiancé de Philippine, ai-je suggéré.

— Qu'est-ce que vous cherchiez, Tarpon ?

Il avait une voix patiente et calme et une élocution soigneuse, comme si le français n'était pas sa langue maternelle. C'était un tout autre zèbre que le présumé Pradier, et je crois qu'il commençait à me faire un peu peur.

— Rien de spécial. Un indice quelconque, ai-je dit grotesquement et Pradier a ricané. Écoutez, ai-je dit, quand Marthe Pigot est venue me voir, elle était habillée comme une petite vieille de la campagne. Quand elle a été tuée, elle portait un manteau de fausse fourrure et des trucs, bref, je voulais voir comment elle s'habillait habituellement.

L'enclumeur a poussé un grognement approbateur.

— Et qu'est-ce que vous en déduisez ?

— Rien du tout. Elle voulait que je la croie complètement inoffensive et niaise, je suppose, quand elle est venue me voir. Et peut-être qu'elle n'était pas inoffensive pour tout le monde. (J'ai soupiré et fait un geste éloquent.) Je ne sais pas, ai-je dit.

— Mais qu'est-ce que ça peut vous foutre, Tarpon ?

— Pardon ?

— Elle est morte. Elle n'est plus votre cliente. Vous n'avez plus de client. Pourquoi est-ce que vous ne laissez pas la police se débrouiller avec cette histoire ?

— La dame, ai-je déclaré d'un air cinégénique, m'a payé d'avance deux semaines de travail.

Derrière moi, l'enclumeur a émis un renâclement écœuré.

— Qui vous a demandé de travailler sur le coup, Tarpon ?

— Mettons que c'est Fanch Tanguy, ai-je répondu.

Je ne sais pas du tout ce qui m'a pris de lui dire ça. Peut-être voulais-je voir leur réaction, et je regardais Pradier dans les yeux et il n'a pas réagi le moins du monde, mais derrière moi j'ai entendu l'enclumeur aspirer l'air entre ses dents, et puis j'ai entendu un déclic caractéristique ; à n'en pas douter, l'enclumeur venait de faire coulisser la culasse mobile d'une arme semi-automatique.

— Cela, a-t-il dit, il faut qu'on en discute ailleurs, alors. Démarrez. (Pradier lui a jeté un coup d'œil étonné.)

J'ai démarré. L'enclumeur m'a indiqué les directions que je devais prendre. Nous sommes sortis de Mantes et nous nous sommes dirigés vers Meulan par la route nationale 190.

— Ralentissez, a commandé l'enclumeur comme nous approchions d'un carrefour protégé. Tournez à gauche, oui. (J'ai tourné dans une départementale pourrie. Pradier a de nouveau eu l'air étonné.)

Dans la nuit tombée, une voiture arrivait en sens inverse, pleins phares. J'ai levé la main droite et réglé le rétroviseur. Dans l'instant où l'autre voiture arrivait sur nous et nous croisait dans un bruit de happement, l'intérieur de la 2 CV a été illuminé et, dans le rétroviseur, j'ai vu clairement le visage de l'enclumeur, la quarantaine passée, type nordique, un chapeau Prince-de-Galles à bord étroit rabattu, une ombre de moustache poivre et sel, les yeux bleus derrière des lunettes sans monture, et qui me regardait droit dans les yeux.

Nous avons continué à rouler, mais à présent je savais qu'il allait me tuer dans quelques minutes, sans doute dès qu'il aurait trouvé l'endroit propice. Puis la route déserte s'est mise à descendre au flanc d'un coteau boisé.

— Ralentissez, a commandé l'enclumeur.

J'ai braqué légèrement à droite et nous sommes rentrés de plein fouet dans une borne kilométrique.

La 2 CV n'allait pas bien vite, mais tout de même. Moi qui m'y attendais et qui avais calé mes pieds, je suis parti en hauteur, la tête dans la capote et les talons au sol, et je me suis très douloureusement heurté le bassin au volant. Pradier a franchement passé la tête et les épaules à travers le pare-brise. Quant à l'enclumeur nordique, qui était le mieux protégé, il a été précipité en avant et sa main s'est trouvée insérée entre les deux dossiers des sièges, sa main armée d'un Colt .45 automatique avec un énorme réducteur de son, gros comme un navet.

Pendant ce temps, le bloc-moteur s'écrasait, le capot se levait vers les cieux, le pare-brise explosait tandis que Pradier passait au travers, et les quatre portières s'ouvraient. Toute la voiture s'est soulevée de peut-être trente centimètres et puis est retombée sur ses amortisseurs avec un bruit très sec et précis.

Je suis retombé en même temps, avec un beuglement de douleur, et dans le mouvement j'ai saisi le poignet de l'enclumeur nordique. Un coup est parti en faisant spouk ! et dans le tableau de bord est apparu un trou de cinq ou six centimètres de diamètre. J'ai poussé de toutes mes forces sur le poignet, en faisant levier sur la barre centrale de l'armature des sièges. Le poignet a cassé.

— Ha, a dit l'enclumeur nordique, juste ça : Ha ! et il m'a tapé sur l'oreille avec son poing gauche.

J'ai arraché le pistolet à la main brisée, mais je continuais à me cramponner au poignet parce que je voulais qu'on arrête de se battre et qu'on discute entre gens civilisés, mais il s'obstinait à me cogner sur l'oreille avec son autre poing, et puis il a ramené ses genoux sous son menton et il a rué et toute la banquette avant s'est arrachée de ses bases et j'ai été à moitié écrasé entre mon siège et le volant.

J'ai lâché le poignet brisé. L'enclumeur nordique a plongé tête la première par la portière ouverte. J'ai ajusté l'homme par-dessus la banquette mais j'ai eu un instant d'hésitation parce que je savais qu'avec cette arme, il n'était pas possible de le blesser seulement. Et il a roulé sur lui-même et disparu en aval, dans la nuit, dans les champs.

Aussi vite que possible je suis descendu de voiture. Pradier n'avait pas bougé depuis le choc : il était allongé à plat ventre sur le capot, les jambes à l'intérieur. Autant qu'on puisse en juger dans l'obscurité, son visage baignait dans le sang. J'ai contourné la voiture. J'étais plié en deux par la douleur de mon bassin et je ne pouvais avancer qu'en crabe.

Dans les chaumes, à peut-être deux cents mètres, il m'a semblé distinguer une tache claire qui se carapatait. J'ai visé à deux mains avec le .45, mais c'était bien difficile, et puis je tremblais comme une feuille, et puis la tache claire a disparu.

Je me suis appuyé à l'épave de la 2 CV. La sueur me dégoulinait dans les yeux. Je respirais mal. Mon haleine faisait un panache de condensation dans l'air. Pourtant il ne faisait pas froid à ce point-là. C'est moi qui devais avoir quarante de fièvre, momentanément. Il venait des chaumes une répugnante odeur d'engrais. Ici et là dans la vallée se voyaient des lumières, des agglomérations assez vastes où il y a des gens, des boutiques, des bars, de la musique, des moyens de paiement, la civilisation, quoi.

Au bout d'un moment, une auto est arrivée à vive allure sur la départementale. Elle a ralenti en passant à la hauteur de la 2 CV, puis elle a accéléré de nouveau et elle a disparu. Je n'avais pas fait de signes. J'ai contourné de nouveau l'épave et déniché une lampe électrique. Ma montre Kelton était cassée et arrêtée sur 19 h 54. J'ai éclairé la figure de Pradier. Il avait la gorge ouverte et l'œil aussi, la langue entre les dents, il était mort.

L'état dans lequel j'étais, je suppose qu'on peut appeler ça un état second. En tout cas je suis parti à travers champs, en crabe. Au bout d'un moment les muscles se sont réchauffés et j'ai pu avancer plus vite. J'ai fini par trouver une route nationale et j'ai fait de l'auto-stop. J'ai été chargé par un prêtre en Renault 4 qui m'a déposé à Pontoise. Là, j'ai pris le train et, de la gare Saint-Lazare, le métro. Je suis rentré chez moi. J'ai allumé dans l'antichambre et refermé la porte. A ce moment-là quelqu'un a allumé la lampe de bureau dans l'autre pièce. J'ai sorti le .45 de ma poche et je l'ai braqué à bras tendu. J'ai dû faire un effort de raisonnement pour ne pas envoyer la purée.

— Eugène Tarpon ? a dit le type assis à mon bureau. Commissaire Madrier.

Je l'ai regardé. C'était un homme grand et large, guère gras mais très massif, avec un large visage de petit cochon, un petit nez retroussé, des lèvres boudeuses, des yeux bleu clair, des cheveux filasse bouclés, une quarantaine d'années. Il portait un pardessus en poil de chameau et un feutre gris perle rejeté en arrière.

— Vous allez arrêter de me braquer avec cet engin, oui ? Je vous dis que je suis le Commissaire Madrier.

— Prouvez-le.

Il a secoué la tête en souriant, comme si j'étais un môme capricieux, et, de la main gauche, il a écarté et retroussé le côté de son pardessus et le côté de sa veste en dessous, de manière à bien me faire voir sa poche intérieure. Avec le pouce et l'index de la main droite, il a lentement sorti son portefeuille. Il l'a posé sur le bureau et il l'a ouvert. Je me suis avancé sans cesser de braquer l'homme et j'ai franchi l'embrasure de la porte de communication en m'attendant plus ou moins à une attaque latérale, mais non.

— Vous êtes tout seul ? (J'ai pris le portefeuille ouvert.)

— J'aime bien travailler seul. Vous me croyez, à présent ?

J'ai baissé le Colt et je lui ai rendu son portefeuille. Madrier s'est levé, souriant toujours affablement, achevant de ranger son portefeuille.

— C'est quoi, ce gros machin ?

Il a tendu la main gauche et il m'a pris le .45. Il a mis la sûreté, puis il a éprouvé le poids de l'arme et il s'est amusé à viser le mur à bras tendu, en amateur de pistolets.

— C'est toute une histoire, ai-je soupiré.

— Le silencieux le déséquilibre complètement. (Du pouce, il s'amusait à ôter et remettre la sûreté.)

— Je crois que c'est avec ça qu'on a tué Mme Pigot, ai-je dit.

— Ah bon.

Il a pressé la détente, le coup est parti et a creusé dans le mur un entonnoir gros comme une mandarine.

— Zut, le con, a-t-il dit en rigolant comme s'il n'avait pas fait exprès.

Mais j'avais compris. Quand, de la main droite, il a sorti de sa poche un revolver MR 73, afin de m'abattre, j'avais glissé la main derrière l'armoire métallique de classement et je la lui ai renversée sur la gueule.

V

Son problème, c'est qu'il était trop sûr de lui, le commissaire Antonin Madrier. Après que l'armoire métallique l'a frappé sur le côté de la tête, après qu'il est tombé sur un genou et que le lourd meuble a rebondi sur le côté et s'est écrasé sur sa main droite en appui, je me suis retrouvé complètement à découvert pendant peut-être deux secondes entières, et il aurait pu alors me tirer presque à bout portant, de la main gauche, avec l'automatique. Et il ne l'a pas fait parce que ça n'entrait pas dans ses vues. Avec un cri de rage et de douleur, il a violemment arraché de sous l'armoire sa main droite meurtrie qui tenait le MR 73. Le mouvement l'a déséquilibré légèrement et son torse est parti en arrière ; il avait la jambe gauche étendue à plat sur le sol et son autre jambe était pliée sous lui, son pied droit sous ses fesses.

En même temps j'ai saisi le .45 à deux mains et j'ai donné de toutes mes forces au commissaire un coup de pied dans la fourche. L'homme a poussé un hurlement et m'a frappé hystériquement dans les côtes avec le flanc du MR 73. Un coup est parti. J'ai trébuché sur le pied gauche du commissaire et je suis tombé sur le dos et j'ai cogné ma tête contre le radiateur. Je tenais le gros automatique. J'ai vu la figure du commissaire en même temps qu'il pointait le MR 73 sur mon ventre et je lui ai tiré dessus.

J'avais d'instinct visé l'épaule mais ça n'a pas changé grand-chose ; avec une arme pareille, c'est comme j'ai dit. J'ai vu Madrier se soulever de terre pendant une fraction de seconde, et puis il est retombé sur le dos avec les quatre membres tortillés dans toutes les directions. A l'endroit de son épaule, ça ressemblait à la Nature Morte au Mouton Mort de Soutine, et il avait la bouche grande ouverte et les yeux grands ouverts, et ses yeux étaient injectés de sang à cause du choc, complètement écarlates. Il y avait aussi des éclaboussures de sang par terre et sur les murs, dans le coin de la pièce, à deux mètres du cadavre. La pièce sentait vivement la cordite.

Je me suis levé en trébuchant et en m'accrochant au radiateur qui m'a brûlé les doigts mais je ne sentais pas grand-chose. Je me sentais engourdi. J'avais les genoux qui tremblaient. J'ai marché alentour du cadavre. Quelque chose me coulait sur la figure et j'y ai mis mes doigts et j'ai regardé, ce n'était que de la sueur, comme tantôt. Mécaniquement j'ai ramassé le MR 73. J'ai mis la sûreté des deux armes et j'ai fourré les deux armes dans mes poches, le revolver à droite et l'automatique dans ma poche intérieure (ma poche extérieure gauche était déchirée et brûlée et gluante). J'essayais de penser mais je n'y arrivais pas. Tout ce qui me venait à l'esprit, c'était que j'avais vraiment vu l'intérieur du canon du MR 73, un trou noir mat.

Je suis sorti de l'appartement. J'ai descendu l'escalier. J'allais de plus en plus vite. J'ai filé comme une bombe devant la pancarte de tôle piquée de rouille, « Essuyez vos pieds SVP, même si vous employez le cirage AUFFRA ». Dans la rue je me suis mis à courir. Je ne me rappelle pas bien ensuite, mais j'ai certainement pris le métro. Après, j'étais dans un ascenseur moderne. Les portes automatiques s'ouvraient en coulissant. J'avançais sur un palier sans fenêtre, moquetté, avec partout un lambris de conteplaqué merdeux, et une banquette. J'ai regardé les étiquettes près des sonnettes, les étiquettes avec les noms. J'ai trouvé. J'ai sonné. Charlotte Malrakis m'a ouvert au bout d'un moment.

— Bordel, a-t-elle dit avec une expression de visage très joyeuse. Le gendarme Eugène Tarpon !

Je restais sur le paillasson à dodeliner et à la regarder. Elle m'a dévisagé et elle a froncé les sourcils. Elle s'est absentée une vingtaine de secondes, elle a réapparu avec un verre d'eau et elle m'en a jeté le contenu à la figure. J'ai hoché la tête en soufflant entre mes lèvres et en crachotant un peu d'eau et je me suis mis à rire. Charlotte a fait un pas en arrière, alarmée.

— Holà, a-t-elle dit.

— C'est rien. C'est seulement... J'arrive à penser... Pourquoi je suis venu, ai-je bredouillé. Mais c'est fini. N'ayez pas peur.

— Je n'ai pas peur, a dit Charlotte d'un air intrigué. Qu'est-ce qui se passe ? Vous avez bu ? (Elle a regardé mon flanc gauche.) Qu'est-ce que vous avez ? Merde, vous êtes plein de sang.

— Mais non, mais non, ai-je dit et j'ai fait un pas en

avant dans la pièce avec des gouttelettes d'eau dans les yeux et une gouttelette d'eau au bout du nez et je suis tombé par terre sur mon nez.

Ensuite il faisait jour derrière les stores et j'étais couché au chaud. Je venais d'ouvrir les yeux. Je ne distinguais pas grand-chose dans la pénombre. Je me suis rappelé le trou noir mat dans le canon du revolver, et je me suis rappelé le reste. J'ai fait un mouvement brusque pour me redresser et j'ai senti dans mon flanc une douleur paralysante. Je suis resté tranquille à réfléchir. Au bout d'un moment je me suis palpé le côté gauche. J'ai constaté d'abord que je portais mon caleçon et ma chemise. Ma chemise était déchirée sur le côté. Presque tout le côté gauche de ma cage thoracique était très douloureux au toucher. Mais je n'avais aucune plaie ouverte. Mon bassin, mes reins et ma tête me faisaient également souffrir.

Charlotte est rentrée sur ces entrefaites. Je me suis inquiété quand j'ai entendu la porte s'ouvrir, mais je me suis rasséréné quand je l'ai vue à contre-jour car je l'ai reconnue. Elle s'est glissée dans le logement à pas de loup.

— Je suis réveillé, ai-je dit.

Elle a donné de la lumière. Elle avait un sac à provisions à la main. Elle portait un trench-coat kaki, comme l'enclumeur nordique, un pantalon étroit en velours côtelé bleu nuit et des chaussures de basket. Au reste, elle a un petit châssis, un petit visage triangulaire, une peau manifestement fine, légèrement dorée, et de longs cheveux bruns qui lui descendent sur les épuales. Plus j'y réfléchis et plus je la trouve délicieusement belle. Elle a posé son sac à provisions sur la moquette.

— Ça va ? a-t-elle demandé d'un air plutôt frais.

— Ça va.

Elle est allée à la grande baie coulissante et elle a levé le store avec une manivelle orientable à long manche. La lumière du jour a inondé les locaux, soit un grand studio-kitchenette avec un matelas biplace sur quoi j'étais, force poufs et coussins, deux murs entièrement couverts de rayonnages à livres et à disques, une télévision portative au milieu par terre, et une installation quadriphonique assez monstrueuse avec des enceintes grosses comme des commodes. Toute sorte d'images étaient fixées aux murs par des épingles à tête ronde : un portrait de Marilyn Monroe ; un portrait de Clark Gable ; d'autres portraits de gens que je ne connaissais pas mais qui semblaient être des stars de cinéma d'avant-guerre, sauf une noire maigre avec un chihuahua et un fume-cigarette qui était plutôt une chanteuse ou quelque chose ; et un poster reproduisant une couverture du *Saturday Evening Post* du 12 juin 1937, signée Norman Rockwell ; et d'autres choses encore.

Charlotte est revenue au centre des lieux. Elle a tiré des journaux de son cabas et les a jetés sur mon lit. Elle pris le cabas et elle a gagné la kitchenette. Je l'ai vue qui sortait du sac un paquet de café moulu. Elle l'a ouvert et elle a chargé une cafetière électrique. Ensuite elle a traversé le studio jusqu'au tourne-disque et elle a mis en marche l'installation quadriphonique et posé le bras du tourne-disque sur un disque qui se trouvait déjà sur le plateau de la machine.

Entre-temps, je m'étais assis dans le lit en grimaçant un peu et j'avais saisi les journaux qu'elle m'avait jetés. C'étaient *France-Soir* (ce qui indiquait que la matinée était avancée) et le *Parisien Libéré.* J'étais en première page de l'un et de l'autre, avec, dans le *Parisien,* ma photographie. LE « PRIVÉ » DÉMENT, titrait le *Parisien* ; et *France-Soir,* WESTERN AUX HALLES. De l'un et l'autre quotidien, il ressortait que j'étais vraisemblablement le tueur au .45 qui avait abattu Marthe Pigot gare Saint-Lazare et que, démasqué par le commissaire Antonin Madrier, je l'avais assassiné avec la même arme. Selon *France-Soir,* c'était une forte probabilité ; selon le *Parisien,* une certitude. Selon le *Parisien,* j'avais « déjà défrayé la chronique l'an dernier à l'occasion de crimes sadiques dans le milieu des gauchistes et des pervers sexuels ». J'ai replié les journaux. L'installation quadriphonique diffusait en sourdine une musique aiguë et discordante qui me portait un peu sur les nerfs. La cafetière rejetait de la vapeur. Charlotte a débranché la cafetière.

— Je vous remercie, ai-je dit.

— De rien. Vous avez mal ? J'ai fait venir un toubib.

— Pardon ?

— Dans la nuit. Un copain. Ça n'a pas l'air grave. Normalement, vous avez rendez-vous tout à l'heure pour une radio, mais... (Elle a laissé traîner sa voix.) Vous avez eu un choc très violent, a-t-elle observé d'un ton précis. Probablement quelqu'un vous a tiré dessus à bout portant et vous a raté de très peu.

— Il m'a plutôt tapé avec le côté du revolver. Et le coup est parti.

Charlotte a versé du café dans deux tasses.

— Je ne m'étais même pas rendu compte, ai-je dit.

— Vous étiez plein de sang, Tarpon. Il a perlé à travers la peau. Vous étiez ensanglanté sur, je ne sais pas, trente centimètres carrés. Qu'est-ce que j'ai eu peur !

— Je suis désolé. Vous ne pourriez pas arrêter ce chat en colère ? Excusez-moi, mais j'ai la tête...

Elle a ri.

— Toujours aussi plouc, Tarpon. On vous file du Marion Brown au réveil et vous vous plaignez. Vous vous rappelez Chick Corea ? a-t-elle demandé en se dirigeant vers le tourne-disque, et comme je secouais la tête d'un air perdu, elle m'a dit que nous avions déjà entendu du Chick Corea l'an passé, alors qu'elle était mêlée à une vilaine affaire, au moment où nous roulions en voiture, la radio avait passé du Chick Corea et j'avais voulu changer de poste, est-ce que je me rappelais et j'ai dit que non, désolé.

Elle a arrêté la musique en secouant la tête et elle est revenue à côté de moi et m'a offert du sucre. J'ai repoussé le sucrier en secouant la tête. Elle a sucré sa propre tasse. Nous ne disions plus rien et elle regardait son café d'un air méchant.

— J'ai tué ce commissaire, ai-je soupiré. Hier soir j'ai tué le commissaire Antonin Madrier.

— Je ne vous demande rien, a dit Charlotte.

Conséquemment, je lui ai tout raconté, absolument tout.

Nous avons repris du café. A peu près à la moitié de ma narration, elle nous a également versé un peu d'eau-de-vie de poire dans deux verres à dégustation.

Elle écoutait avec sérieux et posait de temps en temps une question sensée. C'était une histoire assez épouvantable que je lui racontais, mais c'était presque agréable de la lui raconter.

— Mais l'armoire, a-t-elle demandé, pourquoi lui avoir foutu l'armoire sur la gueule ?

— Ce qu'il comptait faire, c'était me tuer à ce moment-là. Le .45 tombait très bien, vous comprenez. Il était venu pour me tuer de toute façon, mais le .45 tombait vraiment très bien. Il y aurait eu une balle de .45 dans le mur pour prouver que j'avais ouvert le feu sur lui avec l'automatique, et qu'il m'avait descendu en légitime défense. Son plan a parfaitement fonctionné, d'ailleurs. (J'ai eu un geste vague en direction des journaux sur le lit.) A part qu'il est mort, ai-je ajouté.

Charlotte a gloussé. Je l'ai regardée sans comprendre et avec irritation.

— C'est un crétin, votre commissaire Madrier.

— Vous trouvez ! Je ne suis pas dans la merde, peut-être ?

— Tout de même, a dit Charlotte, c'était vraiment un pauvre con. Paix à ses cendres. (Elle a gloussé de nouveau, ce qui a accru mon agacement.) Il n'avait qu'à vous flinguer d'entrée de jeu. Il n'avait qu'à les faire après, ses trous de .45 dans les murs.

Je suis resté à la regarder avec ma mâchoire inférieure qui avait tendance à pendre, et elle gloussait toujours, la petite vache. Elle a poussé un soupir et elle est allée du côté du tourne-disque. Elle a feuilleté ses disques. De temps en temps elle me jetait un regard venimeux, ou bien elle gloussait encore.

— Qu'est-ce que vous voulez, mon pauvre vieux, je n'ai pas d'accordéon. Qu'est-ce que vous comptez faire ?

— Je n'aime pas l'accordéon. On peut rester cinq minutes sans musique, non ?

— C'est dur, a dit Charlotte.

— Je vais aller à la police, ai-je dit. Je ne peux rien faire d'autre.

— Vous êtes cuit, si vous faites ça.

Elle est passée dans la salle de bains d'où elle est revenue aussitôt avec mes vêtements et le .45 et le MR 73.

— Ça ne va pas être de la tarte, ai-je admis. Mais je suis innocent. Donc il y a une autre explication. On s'expliquera. On la trouvera.

— Au cul la vieille ! a clamé Charlotte. (Elle est d'une grossièreté verbale qui m'offusque souvent.) Il n'y a pas un flic à qui vous puissiez faire confiance en ce moment. Nom de Dieu, Tarpon, ce truc a des ramifications dans la police !

— Quel truc ?

Elle a jeté sur le lit mes affaires et les armes et elle a levé les bras avec fureur. Elle a de jolis seins.

— Je ne sais pas quel truc ! C'est vous le détective ! Détectez !

— Non, non, ai-je dit. Vous faites ça très bien. Vous êtes merveilleusement péremptoire. Allez-y. Expliquez-moi.

Elle s'est laissée tomber sur ses genoux près du lit, elle a pris par terre un paquet de gauloises froissé et elle a allumé une cigarette tordue avec une allumette d'une pochette.

— Le dénommé Fanch Tanguy, a-t-elle dit d'une voix posée, a embarqué sa fille. Quand la mère de la fille a décidé, toute réflexion faite, de vous dire qu'il s'agissait du dénommé Fanch Tanguy, elle a été mise en l'air par un tueur. Lorsque vous vous êtes trouvé en présence de ce tueur, aussitôt que vous avez prononcé le nom de Tanguy, il a décidé de vous flinguer. Et comme il vous a loupé, le commissaire Madrier est venu vous attendre chez vous pour vous descendre. Madrier savait que vous alliez rentrer chez vous avec le .45, ou bien ça ne tient pas. Madrier et votre tueur travaillaient ensemble. Ils étaient tous les deux aux ordres de Tanguy. C'est net ! (J'ai voulu parler mais elle m'a fait signe de me taire et sa voix s'est précipitée.) Et ça va plus haut ! Il y a des gens qui ont enlevé l'enquête à... au premier commissaire, là, je ne sais plus comment vous avez dit...

— Chauffard.

— Voilà. Ils ont enlevé l'enquête à Chauffard pour la filer à Madrier. Bon Dieu, vous m'avez dit que Madrier a été promu après une histoire louche ?

— C'est pas moi qui l'ai dit, c'est Coccioli.

— Ce vieux Coccioli, a interjeté Charlotte d'un air rêveur.

— Et encore, ai-je dit, Coccioli n'a rien précisé, il a juste laissé entendre des choses.

— Oui ben ça suffit. Madrier avait partie liée avec eux depuis ce moment-là !

— Bon sang mais c'est bien sûr, ai-je marmonné dans un vain effort d'ironie ; elle était lancée ; elle a vidé son eau-de-vie d'un coup sec et s'est pris la tête à deux mains.

— Oh là là ! Oh là là, Tarpon ! Tout se tient !

— J'aimerais, ai-je dit, partager votre bel optimisme.

— Vous appelez ça de l'optimisme ? Tarpon, il faut mettre tout ça sur le papier et le filer vite fait aux journaux. (Elle s'est levée et elle a foncé au fond du studio. Elle a renversé une pile de magazines et empoigné une machine à écrire Hermès Baby qui se trouvait sous la pile.) Cinq exemplaires ! s'est-elle écriée en abattant un plan de travail pliant et en posant la machine dessus avec brutalité. On le file à *Libé,* on le file à *Politique Hebdo,* on le file au *Canard* et on en garde deux.

— Hé, ho, ai-je dit. Vous permettez que je décide, oui ?

Elle m'a regardé.

— S'ils tuent tous les gens qui ont entendu parler de Fanch Tanguy, a-t-elle dit, je suis dans la charrette, mon bon.

VI

J'ai réfléchi un moment pendant que Charlotte retournait gaillardement des piles de papier et pestait parce qu'elle ne trouvait pas les carbones.

— Écoutez, ai-je dit enfin, on va faire un marché. Moi, je me tire d'ici. (Je suis sorti du lit, un peu gêné d'être en caleçon et bannière, et j'avais mal dans les côtes et le bassin. J'ai saisi mes affaires et commencé de les enfiler.) Je vais me tirer d'ici, ai-je répété. Et je ne parlerai pas de vous, personne n'aura l'occasion de savoir que je vous ai vue. Et en échange, vous n'écrivez rien du tout aux journaux, vous ne vous occupez plus de tout ça.

— Ah non !

— Mais si. Vous n'auriez pas un rasoir ?

Elle m'a précédé dans la salle de bains en agitant ses mains ouvertes de chaque côté de sa figure.

— C'est une assurance sur la vie, Tarpon, bon sang !

— Si les choses sont comme vous avez dit, ça va déclencher une de ces espèces de scandales mous... Non. Je ne veux pas me coller sur le dos, à vie, les flics et Dieu sait quoi encore. J'écrirai une lettre, d'accord. mais elle ira chez un avocat. A ouvrir s'il m'arrive malheur, vous voyez le genre.

La salle de bains était en désordre, avec une corbeille débordant de linge sale et de la lingerie sur un séchoir à pieds. Charlotte a posé sur le bord du lavabo un Gillette, un tube de savon à barbe et un blaireau. Elle faisait claquer les objets contre la porcelaine et elle avait les lèvres serrées. J'ai fait couler de l'eau chaude. Je me suis mouillé les joues. J'ai mis du savon et j'ai empoigné le blaireau.

— C'est à votre mari ?

— Ouais.

— Hier soir, cette nuit, quand je suis arrivé, vous m'avez jeté un verre d'eau à la figure, hein ? Pourquoi ça ?

— Vous aviez l'air bizarre.

— Je voulais vous sauter.

— Hein ?

Je faisais bien mousser partout sur mon visage avec le blaireau. Je regardais dans la glace mon visage plein de mousse.

— C'était plutôt inconscient, ai-je dit. C'est parce que j'ai vu deux morts violentes en quelques heures, hier, et c'est parce qu'on a essayé deux fois de me tuer.

— C'est gentil d'avoir pensé à moi, a dit Charlotte.

— Ce n'était pas vraiment de l'ordre de la pensée.

Quand j'ai eu fini de me laver et de me raser, j'ai rejoint Charlotte qui était dans le studio debout devant la fenêtre, le dos tourné. Je me suis assis sur le lit et j'ai vérifié les armes. Il restait trois cartouches dans le chargeur du Colt .45 et quatre dans le barillet à six chambres du MR 73. J'ai ôté le réducteur de son de l'automatique parce que c'était moins gênant à transporter en deux morceaux. J'ai enfilé mon veston déchiré et brûlé au côté par-dessus ma chemise déchirée de même et tachée, et j'ai saisi mon trois-quarts qui était encore plus abîmé.

— Attendez, a dit Charlotte.

Elle est allée ouvrir la porte coulissante d'une penderie et elle est revenue vers moi avec une veste longue en mouton retourné. Je l'ai enfilée. Elle m'allait bien.

— C'est à Nick, a dit Charlotte.

— Merci. Je vous la rendrai. Où est-ce qu'il est, Nick ?

Elle a haussé les épaules. J'ai vidé les poches de mon veston et de mon trois-quarts.

— Regardez.

J'ai tendu à Charlotte la photographie que m'avait postée Marthe Pigot. Elle a regardé le recto et le verso, longuement, puis elle m'a rendu le cliché.

— Qu'est-ce que c'est que cet uniforme ?

— Ça date de l'occupation, ai-je dit. Je crois que c'est la Milice. (J'ai empoché la photo.) Eh bien, merci pour tout. Au revoir. (Elle ne répondait pas.) Vous me faites la gueule, depuis tout à l'heure, n'est-ce pas ?

— Oui.

— Écoutez, ai-je dit, je n'ai pas du tout l'intention de négocier avec eux. Seulement je ne veux pas non plus m'amuser à déclencher une campagne de presse quand je ne sais même pas... quand je ne sais rien du tout. Parce que ça s'appelle brûler ses vaisseaux. Je suis d'ascendance paysanne, mon petit. Je ne brûle rien du tout.

— Allez. Tirez-vous.

— Je peux me passer de votre estime, ai-je déclaré. Je suis parti en refermant très doucement la porte derrière moi.

Des Buttes-Chaumont, où se trouve le studio des Malrakis, j'ai pris le métro jusqu'à Montparnasse, puis le train omnibus dans la direction de Versailles. Je suis descendu à Clamart et j'ai marché assez longuement. Il y avait des chantiers et des immeubles neufs ; Clamart changeait. C'était naguère un bled de maraîchers, et l'on y célèbre encore une fois l'an la fête des petits pois. Puis les familles ouvrières ont pris sur la gueule, à l'occasion d'un effondrement de terrain, rapport aux champignonnières, les maisonnettes qu'elles avaient acquises en se saignant aux quatre veines. Et puis les retraités meurent un par un. Alors on rase les pavillons et l'on bâtit des immeubles à portes de verre où viennent vivre des cadres rocardistes ou schrébeiriens ou démo-chrétiens, avec des attachés-cases et des lunettes à verres rectangulaires.

Il reste encore des secteurs où dominent les pavillons et les jardinets, dans les rues courbes aux trottoirs inégaux. C'est dans un tel secteur que j'allais, au sud-est de la gare, à deux kilomètres environ de la ligne de chemin de fer. J'ai longé des clôtures en lattes, poussé une porte en grillage et suivi une allée de gravier jaune jusqu'à un pavillon d'un étage en ciment, deux fois plus haut que large, planté comme une dent au bord d'un potager. Dans le lointain, on entendait des engins de chantier et des marteaux-piqueurs. J'ai gravi les trois marches du perron. Je suis entré.

Haymann était dans le salon immaculé, assis dans un grand fauteuil de cuir éraillé, les pieds dans des charentaises, avec un large pantalon de flanelle grise et un pull ras du cou couleur de papier d'emballage. Il était en train de lire *Nostromo* de Joseph Conrad et je l'ai considéré un instant, de la porte de communication (j'étais entré sans faire aucun bruit), puis il m'a vu par-dessus le bord de son livre et il m'a contemplé froidement et méditativement. Il a posé sur le guéridon son bouquin ouvert, à l'envers.

— Tiens, tiens. Ce n'est pourtant pas le jour de notre partie, gendarme.

— Vous n'avez pas lu les journaux? (Je me suis avancé dans la pièce. Tout d'un coup je me sentais un peu las; et puis mes meurtrissures me faisaient mal.)

— Je ne lis plus guère les journaux, depuis que je n'écris plus dedans, a dit Haymann. Mais Coccioli me les a apportés. Vous voulez boire quelque chose?

J'ai passé ma main sur mon estomac.

— Est-ce qu'il serait possible de manger, plutôt?

— J'ai du jambon.

Il s'est levé et il est passé dans la cuisine. Je l'ai suivi. Il a sorti des assiettes et des couverts d'un élément de rangement et me les a mis dans les mains. Je suis retourné au salon où j'ai mis la table sur la toile cirée couturée de cicatrices. Haymann m'a suivi avec le jambon qu'il avait sorti du réfrigérateur, et deux verres et un litre de vin rouge. Nous nous sommes attablés. Haymann a saisi un échiquier de voyage sur une tablette.

— Une petite en mangeant ?

J'ai soupiré vaguement. Il a ouvert l'échiquier entre nous, il m'a fait tirer au sort la couleur, je me suis retrouvé avec les Noirs, il a ouvert avec le pion du Roi, de deux cases, je me suis décidé pour la défense Pirc.

— Alors comme ça, ai-je dit, Coccioli est venu. En service ?

— Ce n'est pas exactement l'impression qu'il m'a donnée. Il voudrait que vous le contactiez.

— Quoi, que je le contacte ? Il veut me choper, oui.

Haymann a secoué la tête et fait la moue.

— Je ne sais pas, a-t-il dit, je ne suis pas sûr. Est-ce que vous avez vraiment tué ce type, ce commissaire, ce Madrier ?

J'ai grimacé affirmativement. Il s'est caressé le menton avec un bruit râpeux. Il ne s'était pas rasé ce matin. Ses poils de barbe étaient blancs.

— Vous êtes vraiment dans la merde. Je vais vous prendre ce pion.

Il m'a pris un pion. Je n'aurais pas dû choisir la défense Pirc un jour comme celui-ci parce qu'elle réclame énormément d'attention dans les dix premiers coups. J'ai tiré de ma poche la photo que m'avait postée Marthe Pigot et je l'ai tendue à Haymann. Il l'a examinée sans la saisir, paupières plissées. Il s'est levé et il est allé prendre ses lunettes dans un étui métallique bleu foncé. Il les a chaussées et il est revenu contempler la photographie sans se rasseoir, un poing posé sur la table et le derrière saillant. Sa lèvre inférieure légèrement relâchée découvrait ses dents du bas jaunies par le tartre et sa respiration était audible.

— Vous savez qui est ce type ? a-t-il demandé.

— Un certain Fanch Tanguy, peut-être ?

Il a hoché la tête comme si nous en parlions justement l'autre jour.

— Fanch le Siffleur. Il y a un rapport entre la merde dans quoi vous êtes et Fanch le Siffleur ?

Je lui ai expliqué. Il hochait la tête et j'entendais toujours sa respiration. Au bout d'un moment il s'est assis et il a bu trois grands verres de vin rouge en continuant d'écouter ma narration. Je n'ai pas mentionné Charlotte Malrakis.

— Fanch le Siffleur, a répété Haymann quand j'ai eu fini et il soupirait et souriait et ce n'était pas un sourire plaisant.

— J'ai pensé que c'était peut-être un uniforme de la Milice. C'est pourquoi je suis venu. Pourquoi l'appelez-vous Fanch le Siffleur ?

— Parce qu'il sifflait, a dit Haymann. Il sifflait la Danse Macabre. Vous savez ? (Il m'a sifflé quelques mesures ; il sifflait faux.) Il semble qu'il avait été très frappé par la vision d'un film de Fritz Lang qui s'appelle *M le Maudit*. Il y a un maniaque homicide, là-dedans, je crois que c'est Peter Lorre qui jouait le rôle, qui siffle tout le temps la Danse Macabre [1].

— J'ai vu ça. Dites... (Je me suis interrompu. Haymann a levé les yeux et m'a regardé d'un air intrigué. Il m'a demandé si quelque chose n'allait pas.) Ça va bien, ai-je dit. Il y a un mendiant aveugle, dans ce film, non ? Il reconnaît le meurtrier en l'entendant siffler, c'est ça ?

1. Ce n'est pas la *Danse Macabre,* mais un thème de Grieg, que siffle compulsivement Peter Lorre dans *M le Maudit.* Haymann s'est trompé, ou bien Tarpon rapporte inexactement ses propos.

— C'est ça. Ah oui ! s'est exclamé Haymann. Je vois ce que vous avez en tête. Mais ce n'est pas vraisemblable.

— Pourquoi ?

— Fanch le Siffleur est mort. En 44.

— Est-ce que vous allez me dire qui est Fanch le Siffleur, nom de Dieu !

— J'essaie. Mais vous m'interrompez tout le temps. Fanch le Siffleur était une ordure. Il venait du PNB, ce qui ne signifie pas en l'occurrence produit national brut, mais Parti National Breton. Complètement mouillé avec les Boches. Au point de se brouiller avec les fascistes du PNB, faut le faire. Vers 43, il a viré au voyou pur. Un peu milicien, un peu Gestapo française, il était branché sur la rue Lauriston. Racket, extorsion de fonds, renseignement, torture. Et il sifflait, pendant qu'il, pendant qu'il...

— Ne vous énervez pas, Haymann, ai-je conseillé.

Il s'est renversé en arrière sur son siège, il a pris une profonde inspiration et, d'un revers de main, il a envoyé l'échiquier valdinguer au milieu du salon. Les pièces se sont répandues dans tous les azimuts. On s'est regardé et je ne disais rien. Puis Haymann s'est calmé.

— J'ai, disons, des cousins par alliance qui ont eu affaire à Fanch le Siffleur. (Il a allumé une Gitane maïs.) Vous savez comme nous sommes, nous autres Juifs. On s'énerve pour des riens.

— O.K., ai-je fait, O.K. Vous pouvez me dire autre chose ?

— J'ai des dossiers à la cave, sur ce genre de trucs. Il faudrait que je les consulte si vous voulez des détails.

— J'aimerais bien, à l'occasion. Marthe Pigot, le nom ne vous dit rien ?

— Rien du tout. Elle était pétainiste, pour foutre un prénom pareil à sa fille. Mais... non. C'est peut-être un faux nom, Pigot.

— Et Fanch Tanguy est mort ? Vous en êtes sûr ?

— Fanch le Siffleur s'est fait alpaguer par un corps franc en 44, alors qu'il descendait vers la frontière espagnole avec une traction bourrée de fric et de bijoux. Il a été tué. Je ne sais pas les détails. Mais attendez que je réfléchisse, oui : je peux vous trouver un témoignage de première main. Juste un coup de fil à passer. Vous voulez ?

J'ai écarté les bras. Je ne savais pas où tout ça pouvait nous mener, mais il fallait bien que j'aille quelque part. J'ai hoché la tête. Haymann a quitté la table et est allé décrocher un gros combiné noir antédiluvien au fond du salon. J'ai quitté la table à mon tour et j'ai ramassé les pièces d'échecs répandues. J'ai entendu Haymann demander à parler à un certain Capitaine Melis-Sanz, puis il a une brève conversation en espagnol. Je ne comprends pas l'espagnol. Haymann a raccroché.

— C'est d'accord, a-t-il dit. On verra notre zigue ce soir.

— Quelle heure est-il ?

— Deux heures et quart. Vous avez une montre.

— Elle est cassée. Est-ce que Coccioli a suggéré quelque chose, pour que je le contacte ?

— Simplement de lui téléphoner. Il a laissé différents numéros. Dites, vous connaissez un type de quarante-cinq ans environ, des lunettes, un trench-coat, un chapeau Prince-de-Galles et le bras droit en écharpe ?

— Pourquoi ? ai-je demandé.

Haymann regardait dehors à travers les rideaux de coton blanc.

— Parce qu'il fait les cent pas devant la maison.

J'ai refermé l'échiquier, j'ai sorti le MR 73, j'ai ôté la sûreté et j'ai posé le revolver sur la table.

— C'est mon enclumeur, ai-je dit. Si ça se gâte, tirez dans le tas. La chambre en face du percuteur est vide, les quatre suivantes sont chargées. Faites gaffe, c'est un monsieur qui ne fait aucun cadeau.

— Hé ! a dit Haymann. Attendez une seconde !

Mais j'étais déjà dans l'entrée et j'ai franchi la porte en sortant le .45 de ma poche. L'enclumeur nordique avait cessé de faire les cent pas et il était paisiblement adossé à la porte en grillage. Il fumait un petit cigare. Il a jeté un coup d'œil par-dessus son épaule et m'a vu.

— Faites-moi doucement face, ai-je commandé.

Il a obéi. Il avait les traits tirés. Son bras droit était soutenu par une grande écharpe noire. Il avait la main et tout l'avant-bras pris dans un plâtre qui lui montait au-dessus du coude, jusqu'au tiers du biceps, de sorte qu'il n'avait pas enfilé son trench-coat du côté droit, sa manche pendait.

— Ne faites pas de bêtises que vous regretteriez, monsieur Tarpon, a-t-il dit. Nous tenons Charlotte Malrakis.

VII

— Charlotte qui ? ai-je demandé au bout d'un instant.

— Vous permettez ?

Il a esquissé un geste vers l'intérieur de son trench-coat. J'ai cligné des yeux.

— Doucement.

Avec précautions, il a sorti de sa poche intérieure un cliché Polaroïd en couleurs qu'il m'a tendu. La photo représentait Charlotte nue, attachée et menottée sur une chaise métallique, laquelle était boulonnée à un sol de ciment. Dans le champ de l'appareil, une main anonyme tenait un exemplaire de *France-Soir* d'aujourd'hui. La date n'était pas lisible mais les titres — y compris « Western aux Halles » — étaient clairement reconnaissables, de sorte que la photographie sans nul doute était du jour, comme les œufs frais du même nom. Charlotte était quelque peu échevelée et elle avait pleuré ; il y avait des traînées de rimmel sur son visage. Pour le reste, elle tâchait de faire bonne figure. Apparemment, elle n'était pas blessée. J'ai regardé l'enclumeur au visage.

— Doucement, a-t-il dit à son tour.

— Oui, oui, ai-je marmotté ineptement, puis : J'ai écrit une lettre détaillée à mon avocat. Si vous abîmez cette jeune femme, je vous garantis que la France entière entendra parler de Fanch Tanguy.

Il a hoché la tête.

— Vous me causez beaucoup de complications. J'ai mis trop longtemps à vous retrouver. Nous allons être obligés de résoudre toute cette affaire par la négociation.

— Négociation mon cul, ai-je dit avec une grossièreté dont je ne suis guère coutumier. Vous allez relâcher Charlotte Malrakis. (Il a eu un sourire de dérision.) Bon. Qu'est-ce que vous proposez d'autre ?

— Vous et le vieux type dans cette baraque (il a eu un mouvement de menton vers le pavillon), vous allez venir avec moi. Tout de suite. Je n'ai pas autorité pour discuter. Je vous emmène dans un endroit où des personnes discuteront avec vous. Vous feriez mieux de ranger cette arme. Les voisins vont finir par remarquer quelque chose et nous ne tenons pas à attirer leur attention, n'est-ce pas ?

Je n'ai pas répondu. J'essayais de réfléchir. De sa poche, l'enclumeur nordique a délicatement sorti une touffe de cheveux bruns et il m'a pour ainsi dire épousseté le nez avec.

— Je les ai arrachés, a-t-il annoncé en me montrant les racines de la touffe. Si les négociations ne sont pas engagées d'ici minuit, mes collègues ont instruction de scier un doigt de Charlotte Malrakis. D'ici là, plus le temps passe, moins des violences mineures sont évitables.

Je l'ai frappé sur le côté de la tête avec le .45. Le coup l'a pris complètement au dépourvu. Le Colt .45 automatique pèse près de trois livres. J'ai assommé net ce mec. Il est tombé dans l'allée. J'ai fourré le .45 dans ma poche, j'ai pris l'enclumeur par les chevilles et je l'ai remorqué dare-dare. Haymann a surgi et m'a donné un coup de main. Nous lui avons fait franchir le perron sans cérémonie, sa tête rebondissant sur les marches, et nous l'avons traîné au milieu du salon. Haymann a jeté un coup d'œil soucieux à travers les rideaux.

— Déjà que je n'ai pas une bonne réputation dans le quartier, j'espère qu'on ne nous a pas vus.

— On n'y peut rien. Donnez-moi un marteau.

Il m'a jeté un regard en coin, puis il est sorti de la pièce et il est revenu quelques secondes plus tard avec un marteau cylindrique à pied-de-biche. Je le lui ai arraché des mains.

— Holà, Tarpon...

J'ai lancé sur la table la photo Polaroïd et Haymann y a jeté un coup d'œil et son front s'est plissé verticalement entre les sourcils. J'ai fouillé l'enclumeur. Il avait sur lui un passeport paraguayen et un permis de conduire au nom de Cedric Kasper, 2 500 francs en billets de 100 francs et de la monnaie, et un automatique tchèque Modèle 52 avec trois chargeurs de rechange. Rien d'autre, à part un mouchoir. Cedric Kasper aimait avoir les poches nettes. Je lui ai donné un coup de pied dans le nez. La douleur l'a fait revenir à lui. Il a ouvert les yeux sans bouger, et il a jaugé la situation, puis il a rajusté ses lunettes qui pendaient de travers. Je me suis agenouillé sur le plancher à côté de lui, hors de portée d'un éventuel coup de latte. Je tenais le .45 dans la main gauche et le marteau dans l'autre. Haymann s'est assis à califourchon sur une chaise près de la table, attendant les événements.

— C'est une vilaine fracture que vous avez là, ai-je dit. Ce sont les os du corps qui mettent le plus longtemps à se ressouder, ceux-là. Vous en avez pour des mois. Mais enfin, avec un peu de rééducation musculaire ensuite, vous pourrez normalement vous servir de vos deux mains d'ici six mois. Maintenant (je lui ai tapoté la tête avec le marteau et il a cligné des yeux), il faut me dire où se trouve Charlotte Malrakis, parce que sinon, ce n'est pas mon genre de torturer, alors je ne vous torturerai pas, mais je vais vous bousiller les deux poignets. Considérant le boulot que vous faites, ça ne me donnera pas le sentiment d'une mauvaise action, voyez-vous ? Je vous bousillerai les poignets presque sans douleur, très proprement, très irrémédiablement, vous avez compris ?

— J'ai compris.

Il a réfléchi un instant. Étendu ainsi sur le dos, la tête appuyée contre le sol, il paraissait jouir d'une assez grande tranquillité d'esprit. C'était un vrai professionnel. Il ne m'inspirait aucun respect.

— Je me suis mépris sur votre compte, Tarpon, a-t-il dit enfin. Nous pourrions utiliser vos compétences. Bien entendu, vous gagneriez beaucoup d'argent.

Il m'a jeté un coup d'œil et il a poussé un bref soupir. Ensuite, il m'a dit où se trouvait Charlotte. Il a fallu qu'Haymann aille chercher une carte détaillée de la région parisienne pour que Kasper nous indique avec précision l'itinéraire. Il nous a décrit la disposition des lieux et donné le nombre de personnes qui pouvaient se trouver dans la maison. Haymann s'est dirigé vers la porte.

— On prend mon Aronde. (Il est sorti dans l'entrée et je l'ai entendu monter à l'étage.)

J'ai ôté ma Kelton brisée, je l'ai jetée dans un coin et j'ai mis à mon poignet la montre de Kasper qui était une Rolex en or. Il était 14 h 35.

— Comment est-ce que vous avez pris Charlotte Malrakis ?

— Vous êtes un homme solitaire, Tarpon. A part Haymann et cette fille, vous ne fréquentez personne.

Charlotte Malrakis, on ne pouvait même pas dire que je la fréquentais, mais je n'ai pas relevé.

— Je suis d'abord allé chez cette fille, a dit Kasper. Il y avait votre veste et votre manteau. Madrier ne vous a pas manqué de beaucoup.

— Pourquoi chez la fille ? Pourquoi pas d'abord ici ?

— Par hasard. C'était plus près, peut-être. Je vous aurais cueilli, d'ailleurs, si je n'avais pas pris du retard avec mon bras à arranger et tout ça.

Haymann est revenu dans la pièce avec du fil de fer, une pince et un fusil de chasse à répétition Beretta calibre 12. Nous avons fait lever Kasper. Nous lui avons tordu le bras gauche dans le dos, nous lui avons fait lever le genou droit presque sous son menton et nous l'avons soigneusement attaché dans cette position avec le fil de fer.

— Merci pour le confort, a dit Kasper.

— Parlez-moi de Fanch Tanguy.

— Non. Pour ça, il faudra me torturer, Tarpon.

Du diable s'il ne m'a pas bel et bien souri !

— Si vos gusses ont fait du mal à la petite, lui ai-je signalé, je vous tuerai, tout à l'heure.

Il m'a regardé sans répondre. Il souriait encore un peu.

Haymann avait enfilé une canadienne. Il est sorti et il a amené son Aronde devant le perron. En sautillant à cloche-pied et en s'appuyant aux murs, Kasper a réussi à gagner la sortie. Nous l'avons soutenu pour descendre les trois marches. Haymann s'est mis au volant. Nous avons installé Kasper près de lui. Je me suis assis à l'arrière. Le fusil était sur le plancher à l'arrière. Haymann avait le MR 73 et moi les deux automatiques.

L'Aronde d'Haymann est une vieille chose toute pourrie. Nous avons pris le boulevard périphérique à la porte de Vanves et puis nous avons enfilé l'autoroute du sud et il nous a fallu presque une heure pour couvrir la soixantaine de kilomètres jusqu'à la sortie d'Achères-la-Forêt. Kasper ne pipait pas. De temps en temps il se tortillait un peu et il aspirait l'air entre ses dents. De la façon dont il était lié, c'est sûr qu'il n'était pas à la fête.

Après que nous sommes sortis de l'autoroute, j'ai guidé Haymann en consultant la carte. Nous avons passé à bonne allure devant la maison, sur l'étroite route forestière. Il semblait que les lieux étaient comme Kasper nous avait dit, une ancienne maison de garde à cinquante mètres de la route, dans une clairière à l'herbe jaune. Nous avons poussé un peu plus loin, six ou sept cents mètres, et nous avons quitté la route et nous nous sommes engagés sous bois, et nous avons stoppé. Avec du fil de fer, nous avons attaché Kasper à l'arbre de direction, et nous l'avons bâillonné avec du taffetas gommé pour pansements.

Haymann a pris un bidon à essence dans le coffre de l'Aronde et il a mis son fusil à la bretelle. Nous sommes revenus vers la maison de garde à pied à travers bois et nous avons abordé la clairière latéralement. A l'orée, nous avons marqué un temps d'arrêt. J'ai regardé Haymann et j'étais soucieux.

— Ne vous en faites pas pour moi, a dit Haymann. On fait comme on a dit.

Il s'est avancé vers la maison aussitôt. Il a atteint la porte d'entrée et il a frappé. Avec sa casquette, sa canadienne, son fusil et son jerrycan vide, il avait l'air parfaitement inoffensif et vaguement imbécile. J'avais mis un genou en terre et je visais la porte à deux mains avec l'automatique tchèque, en prenant appui latéralement sur le tronc d'un arbre, comme on nous apprend dans les stages de perfectionnement de la Gendarmerie nationale.

Il ne s'est rien passé du tout.

Haymann a frappé de nouveau. A la dérobée, il m'a jeté un coup d'œil incertain. Nous savions — espérions savoir — qu'il y avait deux types dans les lieux, un qui gardait Charlotte dans une espèce d'atelier au fond de la baraque, et l'autre dans la pièce principale sur quoi la porte ouvrait directement. Il s'agissait de braquer le second, et qu'il appelle le premier. Un plan simple et de bon goût.

Comme ça ne répondait pas, Haymann, son bidon toujours à la main, a saisi la poignée de la porte avec son autre main et a entrebâillé le battant, ce qui était une rude connerie parce qu'il avait les deux mains occupées et il se flanquait en plein dans ma ligne de feu. D'où j'étais, je l'ai distinctement entendu qui demandait à mi-voix, « Il y a quelqu'un ? » et puis j'ai entendu, et il a entendu aussi, le gémissement clair et pour ainsi dire musical, et frénétique, que Charlotte poussait.

J'ai poussé un grognement et couru vers la maison ; j'ai bousculé Haymann qui simultanément posait son bidon et décrochait son fusil ; j'ai fait irruption dans la pièce principale comme Charlotte criait de nouveau. Son cri venait de l'étage et j'ai enfilé l'escalier quatre à quatre. Haymann se hâtait derrière moi et nous faisions un bruit considérable.

Cependant, les deux lascars dans la chambre ne s'en sont avisés que tardivement, occupés qu'ils étaient. Le plus jeune, un petit brun aux yeux verts en jeans et col roulé rouge, tenait par une cheville Charlotte dont les mains étaient menottées à une canalisation. L'autre type avait une quarantaine d'années ; il était trapu et presque chauve, avec de gros yeux jaunes dans un visage rougeaud. Quand je suis entré dans la pièce, il était en bannière, la verge pendante, et son caleçon et son pantalon aux genoux ont un peu embarrassé son mouvement alors qu'il faisait un pas de côté et saisissait sur une chaise cannée un New Police Python qu'il a braqué sur moi.

Haymann a fait feu par-dessus mon épaule. J'ai eu des cheveux roussis et je me suis retrouvé complètement sourd. L'homme en bannière a pirouetté et lâché son revolver. Il s'est cogné le front dans le mur avec un bruit sourd et il a rebondi et dégringolé sur le dos. Un ou deux plombs lui avaient déchiré la joue, mais l'essentiel de la gerbe l'avait frappé au sommet de l'épaule gauche en fracassant la clavicule. Tout cela pissait le sang.

Le petit brun a poussé un cri aigu et il a sauté à pieds joints à travers la fenêtre.

J'ai dû tourner au moins trois fois sur moi-même, parce qu'il se passait trop de choses en même temps et parce que j'avais en partie perdu le sens de l'équilibre et celui de l'orientation. Je crois que j'ai voulu remercier Haymann parce qu'il m'avait sans doute sauvé la vie, et à ce moment-là il a fait un pas en avant, il est devenu grisâtre en voyant ce qu'il avait fait à l'homme en bannière et il a eu une syncope.

— Oh, nom de Dieu, nom de Dieu, nom de Dieu, oh, nom de Dieu de nom de Dieu, répétait mécaniquement et rapidement et interminablement Charlotte à genoux sur le plancher, se démanchant le cou pour regarder la pièce derrière elle.

Sa voix me paraissait très lointaine. Je suis allé à la fenêtre. En bas sur l'herbe jaune, il y avait des bouts de verre et le châssis en morceaux. Il y a eu un bruit de moteur et une CX 2000 qui devait sortir d'un appentis quelconque a tourné le coin de la maison, le petit brun au volant. Il m'a semblé qu'il saignait, lui aussi. Il m'a semblé qu'il faisait horriblement grincer sa boîte de vitesses tandis que l'auto bondissait jusqu'à la route forestière, dérapait en s'y engageant, et disparaissait. A part tirer une balle dans le dos du petit brun, il n'y avait rien que je pouvais faire ; je n'ai donc rien fait.

Je me suis retourné vers l'intérieur de la pièce. J'ai déboutonné le col de chemise d'Haymann et je l'ai calotté gentiment. Il a ouvert les yeux et m'a regardé d'un air hostile.

— N'essayez pas de parler. Respirez à fond. Quand vous pourrez, asseyez-vous sur votre séant et mettez votre tête entre vos genoux, ça vous irriguera le cerveau.

Le sens de l'ouïe m'était revenu. L'homme en bannière s'est mis à beugler. Aux cris de douleur, il mêlait diverses insultes pittoresques et supplications abjectes. Puis il s'est évanoui. Une chance pour lui que les cartouches d'Haymann étaient manifestement garnies de tout petit plomb. N'empêche, il saignait de manière inquiétante.

— Où est la clé des menottes? ai-je demandé à Charlotte et j'ai dû la prendre par l'épaule et la secouer et répéter ma question avant qu'elle réponde.

J'ai pris la clé dans le pantalon du blessé; j'ai délivré Charlotte. Haymann s'est redressé et s'est mis debout; il a titubé et s'est cramponné au mur.

— La tête entre les genoux! lui ai-je crié.

Il a obéi. Charlotte s'est mise sur pied et s'est massé les poignets.

— Vous... Où sont vos vêtements? ai-je demandé.

— En bas.

— Allez vous habiller. Dépêchez-vous. Il n'y a personne dans la maison, hein? A part ces deux-là, il n'y avait personne?

Elle a secoué la tête. Elle avait l'air distraite. Je lui ai tapoté l'épaule.

— Allez.

Elle a marché vers la porte.

— Dites, ai-je fait (et je crois que j'ai eu une espèce

de ricanement nerveux). Dites, on est arrivé à temps, hein ?

Par-dessus son épaule, elle m'a regardé d'un œil sérieux.

— Au point de vue des violences sexuelles, vous voulez dire ? a-t-elle demandé. Non, Tarpon. Vous n'êtes pas arrivé à temps.

VIII

Pour l'essentiel, la maison se composait d'une salle commune flanquée d'un atelier cimenté au rez-de-chaussée, et de trois chambres en haut. Le mobilier était rustique. Il y avait un renard empaillé sur le buffet dans la pièce principale, des bois de brocards dans les chambres, et un peu partout des peintures représentant des chiens, des chevaux, des cerfs, du gibier à plumes. Ce serait beaucoup dire si je disais que nous avons passé la maison au peigne fin. Nous l'avons visitée hâtivement. L'homme en bannière, dans la chambre, se vidait doucement de son sang. Il y avait un téléphone en bas, avec quoi j'ai appelé la gendarmerie de Fontainebleau. J'ai dit qu'on vienne vite, avec une équipe de réanimation.

Haymann et Charlotte étaient partis comme je commençais de téléphoner. Quand j'ai eu fini mon coup de fil, j'ai encore fait quelques pas dans les pièces, en les attendant. Puis la vieille Aronde est venue s'arrêter devant la baraque. J'ai marché vivement vers la voiture et je suis monté à l'arrière. Haymann était au volant et Charlotte à côté de lui.

— Où est Kasper ?

Haymann a démarré.

— Barré. Nous avons mis trop longtemps. Il a eu le fil de fer à la fatigue. Il est certainement dans le secteur, parce que avec un bras cassé et deux autres membres complètement schwartz d'engourdissement, faites-moi confiance qu'il n'est pas en mesure de cavaler. Seulement nous n'avons pas le temps de ratisser le terrain si vous avez appelé les gendarmes.

— Je les ai appelés.

La voiture a traversé Achères-la-Forêt, rejoint la nationale, piqué dans la direction de l'autoroute.

— Et puis merde, quoi, vous avez de la corde, vous, chez vous, Tarpon ?

— Non, ai-je dit.

— Eh bien moi non plus. Je n'avais que du fil de fer. Faut pas vous en prendre à moi.

— Je ne dis rien, ai-je dit.

L'Aronde s'est engagée sur l'autoroute. Nous avons roulé vers Paris. Haymann a demandé où nous allions.

— Parce que, a-t-il dit, on peut aller chez moi, ou bien on peut aller chez vous (il a jeté un coup d'œil à Charlotte), et puis si les flics n'y sont pas, on peut les attendre. C'est peut-être le mieux, je pose simplement la question.

— Je sais où on va aller, a dit Charlotte. C'est l'appartement d'un copain. Je sais où est la clé, et lui, il est à Ceylan.

— Voilà ! a crié Haymann. C'est parfait ! On va se terrer là-dedans et avec un peu de chance, nous aurons tous notre photo dans le journal, qu'est-ce que ça peut foutre, la vie est faite de saisons, du moment qu'on se marre elle est belle, ne faites pas attention à moi si je suis un peu nerveux.

— Il ne mourra pas, ai-je murmuré. Ils doivent déjà être en train de lui faire une transfusion d'urgence. Il s'en sortira.

— Mon oncle était à Drancy, a dit Haymann d'un ton assez calme. Sa mère est morte pendant qu'il était à Drancy. Il a demandé, Seigneur, c'est vraiment formidable, il a bel et bien *demandé* qu'on le laisse sortir pour aller à l'enterrement, il promettait sur l'honneur de revenir ensuite, écoutez bien, c'est pas là qu'il faut rire, c'est dans un moment. Tenez-vous bien, les types l'ont autorisé à sortir. Tenez-vous encore mieux, il a passé trois jours en liberté, et puis il est revenu, il est revenu, il est rentré à Drancy. Les types ont été sciés de le revoir, vous savez. Et on l'a envoyé en Allemagne. Et on l'a passé au crématoire, le con. Je préfère les Juifs de la génération suivante, vous voyez. Ceux qui ont des armes automatiques et de l'aviation et des barbelés. (Il a ri doucement.) Purée, Tarpon, il n'y avait que dix ans de différence entre mon oncle et moi, mais je ne suis pas un mouton, vous savez, j'ai fait le coup de feu, sans doute ai-je tué des Allemands. Je sais me servir d'un fusil. J'ai même été marxiste. J'ai lu *Le Rôle de la Violence dans l'Histoire* et je m'en souviens et je suis d'accord avec. Purée.

— Voulez-vous vous arrêter sur le bas-côté, a demandé Charlotte, et que je conduise ?

— Non merci. Ça va. Ça va aller.

Nous n'avons plus rien dit ni les uns ni les autres pendant un moment. Aux abords de Paris, sur les indications de Charlotte, nous avons pris la branche

Est de l'autoroute, et puis le boulevard périphérique jusqu'à la porte de Vincennes. Charlotte nous a guidés jusqu'à une rue proche de la place de la Nation. Nous avons trouvé à nous garer et nous nous sommes garés. Il était presque 18 heures, il y avait beaucoup de circulation, il pleuvait, il y avait un vent froid.

Charlotte est allée chercher les clés à la boulangerie du coin où son copain les laissait lorsqu'il était absent. Elle a fait un crochet chez le marchand de journaux et elle est revenue avec *Le Monde* et la dernière édition de *France-Soir*. Nous avons monté les deux étages sans ascenseur. Charlotte toussaillait, surtout qu'elle n'avait pas arrêté de fumer les maïs d'Haymann, depuis tantôt.

Le copain de Charlotte (lequel s'appelait Jules) avait un appartement de trois pièces très élégant où régnait un désordre total. Des tables basses, des sièges de cuir, matière plastique, tubes chromés, des toiles abstraites, une profusion de bibelots exotiques.

— Il est réalisateur, a expliqué Charlotte. Courts métrages, télé, et surtout de la pub. Ce qui l'intéresse, ce sont les voyages. Il tient le compte des pays du monde où il est allé et de ceux où il n'est pas allé, aux dernières nouvelles il lui en restait dix-neuf, mais il râle parce qu'il y a de nouvelles nations qui deviennent tout le temps indépendantes. Il doit rentrer à la fin de la semaine prochaine. Nous sommes peinards.

Elle a déniché une cartouche entamée de Gitanes blanches, a ouvert un paquet. Haymann a mis une radio portative en marche, en sourdine. Dans *France-Soir*, en cherchant bien, j'ai fini par dénicher cinq lignes sur la mystérieuse 2 CV fracassée dans la nuit du côté de Meulan, un mort à l'intérieur. On ne disait pas que le véhicule m'appartenait. Quant à l'article intitulé « Western aux Halles », il n'était plus annoncé en première page, et il avait rétréci de moitié. Dans *Le Monde* étaient mentionnés en huit lignes la mort de Madrier et le fait que la police me recherchait pour m'interroger.

— Nous sommes probablement recherchés tous les trois, ai-je dit. Il y a une bande de malandrins qui veulent purement et simplement nous faire la peau. Et il y a sans doute des gens dans la police qui veulent la même chose. Et toute cette histoire demeure pour moi une vaste énigme analogue à la malédiction des Pharaons. A part ça, ma petite, c'est comme vous avez dit : nous sommes peinards, oui.

J'ai fait un peu d'ordre sur une table basse à plateau de verre, dans une espèce de salon où nous étions, et j'ai aligné devant moi divers objets intéressants. Le .45 et son silencieux; l'automatique tchèque (calibre 7,62 mm) : le MR 73; le Python de l'homme en bannière; le fusil Beretta; les munitions que l'homme en bannière avait dans les poches (du 357 magnum, ce qui convient très bien au MR 73 — à force de collectionner les flingues, on en avait enfin trouvé deux qui étaient compatibles) ; et le portefeuille de l'homme en bannière.

— Je vais me laver, a déclaré Charlotte.

— Est-ce qu'il n'y a pas un coup à boire quelque part et est-ce qu'on peut se servir? a demandé Haymann.

— Dans la cuisine. Le placard latéral.

— Merci.

Haymann a quitté la pièce. Je regardais Charlotte.

— Je suis désolé, ai-je dit.

— Je vais me laver, a-t-elle répété.

Elle a quitté la pièce à son tour. Au bout d'un instant j'ai entendu l'eau couler dans la salle de bains, fortement ; elle coulait un bain. J'ai garni le MR 73. Puis j'ai vidé sur la table basse le contenu du portefeuille. Carte d'identité au nom de Lionel Constantini, quarante-quatre ans. Permis de conduire au nom de Lionel Constantini. Permis de conduire au nom d'Antoine Chotard. Permis de conduire au nom de Louis Lopez. Carte grise au nom d'Antoine Chotard pour une Peugeot 504. Carte d'adhérent à une certaine Mutuelle de Solidarité et de Prévoyance La Certitude. Attestation d'assurance de la 504. Dix-sept points verts Mobil. Un tract illuministe et diététique sur papier bible, émis par une certaine Communauté des Skoptsys Réformés, plié en quatre, avec au recto un drôle de mélange de conneries mystiques et de conneries publicitaires, et au verso une série de chiffres notés au crayon qui paraissait être un numéro de téléphone. Une carte bleue au nom de Louis Lopez. Une carte d'adhérent au Club Français du Livre au nom de Lionel Constantini. Une carte de membre bienfaiteur de la Fondation Stanislas Baudrillart. Deux tickets de métro-bus, seconde classe. Trois timbres à 80 centimes. Une facture de garagiste pour une vidange-graissage de la 504. La carte de visite d'une certaine Renée Mouzon, cornée et maculée par un long séjour dans le portefeuille, avec le numéro de téléphone rajouté au marqueur rouge sous le nom imprimé en relief. Voilà.

Haymann est revenu dans la pièce avec trois verres vides et une bouteille de vodka aux herbes Bison Brand. Il s'est assis en soupirant sur le canapé de cuir roux, a réparti les verres sur la table et s'est versé quelque chose comme vingt centilitres de vodka. Du geste, il m'a proposé la même chose. Semblablement du geste (hochement de tête d'une part, d'autre part monstration du pouce et de l'index assez rapprochés), j'ai indiqué que j'en voulais bien, mais moins. Haymann a versé.

— Votre type, ai-je demandé, c'est à quelle heure ?

— Quel type ?

— Le capitaine Melis-Sanz.

Un instant, il a eu l'air complètement égaré. Puis :

— Oh ! Oui. Dans la soirée. A partir de 7 heures du soir, je suppose.

Dans la salle de bains où l'eau avait cessé de couler, il y a eu un fracas sourd, comme Charlotte apparemment faisait tomber l'appareil à douche. Haymann a jeté un coup d'œil dans cette direction, sans tourner la tête.

— Elle ne va pas se suicider, hein ? a-t-il demandé.

— Vous êtes vraiment con, ai-je dit.

— Excusez-moi.

Il a vidé son verre et il s'est reversé une vingtaine de centilitres.

— Excusez-moi, a-t-il répété.

— Ça n'est pas la peine de vous attendrir non plus. C'est un sale coup. Ce n'est ni un truc sans importance, ni une souillure.

— O.K., a dit Haymann. O.K., Tarpon. D'accord. Ne montez pas sur vos grands chevaux.

— Je ne monte pas sur mes grands chevaux ! ai-je hurlé et j'ai refermé mes dents sur mon verre de vodka de telle sorte que le verre s'est brisé ; j'ai craché des bouts de verre sur la moquette et reposé précipitamment le récipient sur la table basse ; j'ai renversé de la vodka un peu partout. Merde, ai-je dit.

Haymann a emporté mon verre brisé, l'a balancé dans le vide-ordures et est revenu avec un autre verre. Il m'a servi.

— Il y a le problème du blé, a-t-il dit. J'ai moins de 50 francs sur moi. Et vous ?

— J'ai les 2 500 francs de Kasper et les 600 francs et quelques du type que vous avez blessé. Ça ira pour un petit moment. On y va ?

— On y va.

Haymann a vidé son verre. Je suis allé frapper à la porte de la salle de bains.

— Oui ?

— On va faire un truc, ai-je crié à travers le battant. On sera rentré d'ici une heure ou deux, j'espère. Reposez-vous d'ici là, d'accord ?

— D'accord.

— A tout à l'heure.

— A tout à l'heure.

Nous avons pris l'Aronde. La nuit achevait de tomber. Il continuait de pleuvoir, de faire du vent, de faire très froid.

Il y avait des embouteillages et nous avons mis près de vingt minutes à atteindre le voisinage de la place de la Bastille et à trouver une place où stationner. Au troisième étage d'un immeuble vétuste, le capitaine Melis-Sanz nous a ouvert la porte.

Le capitaine Melis-Sanz était un homme d'environ soixante ans et 1,65 m. Il avait les jambes courtes, un thorax large et un large visage surmonté d'une tignasse blonde en brosse longue. Il portait un blue-jean de fabrication française de très mauvaise qualité, une chemise à carreaux en coton, effrangée aux poignets et pelucheuse au col, et une veste de laine reprisée aux coudes. Haymann et lui ont échangé quelques phrases en espagnol. Le capitaine nous a introduits dans une petite pièce meublée en sous-lévitan. Nous nous sommes assis sur des chaises en formica.

— Je vais chercher l'homme, a dit Melis-Sanz en me regardant, avec un accent à couper au couteau qui donnait à peu près yé bé rhé-rhé l'homb.

— Mutchasse graciasse, ai-je bredouillé et, faute de trouver d'autres mots je me suis tapoté la gauche du torse avec la paume (je ne sais si c'étaient ses yeux ou quoi, mais le capitaine Melis-Sanz instaurait autour de soi, dans un rayon de trente mètres environ, un climat d'émotion, colère, désolation et deux ou trois autres choses dérangeantes).

Il est sorti par une porte de communication. J'ai regardé Haymann qui regardait ses ongles d'un air morose. Melis-Sanz est revenu avec un type encore plus petit que lui, complètement chauve, des joues rondes, des yeux espiègles, un complet-veston bleu-gris en tissu léger et une chemise de nylon crème à col ouvert. Haymann s'est dressé et remis à parler en espagnol. Lui et le chauve se sont tapés sur les bras et les épaules du plat de la main, et donné l'accolade en riant d'un air triste. A un moment, le chauve m'a serré la main mais personne n'a fait de présentations.

Nous nous sommes tous rassis et Melis-Sanz nous a versé de l'anisette. Nous avons levé nos verres et bu gravement. Au bout d'un moment, Melis-Sanz s'est penché en avant et m'a tapé sur le genou avec sa paume. Il m'a désigné le chauve.

— Il a tué Tanguy. (Il prononçait Tanne-gui, avec un i long.)

J'ai sorti de ma poche la photo que m'avait postée Marthe Pigot. Le chauve hochait la tête en souriant. Je lui ai passé la photo. Il l'a considérée et me l'a rendue en hochant et en souriant et en haussant les épaules.

— C'est lui ou ça n'est pas lui ? ai-je demandé.

— Mais qu'est-ce que vous croyez ? a fait le chauve dans un français sans autre accent que celui du faubourg. Je ne me rappelle pas sa figure, à ce type. Il y a trente ans que c'est arrivé.

— Donnez-moi des détails, ai-je dit. S'il vous plaît, ai-je ajouté.

— C'était une chose de hasard. Nous avons arrêté l'automobile. Par hasard. Deux hommes dedans, et des bagages à l'arrière. Un des hommes a tiré sur nous. Nous avons riposté. L'homme a été tué. L'autre homme, nous l'avons fait prisonnier. Nous avons pris les papiers des deux hommes. Celui qui était mort, c'était Fanch Tanguy. Qu'est-ce que vous voulez comme autres détails ? Il y avait de l'argent dans la voiture, beaucoup de dollars et de livres sterling. Et des pièces d'or et des pierres précieuses aussi, toutes sortes de bijoux. Je me rappelle qu'il y avait presque cinquante alliances en or. Mais peut-être avaient-ils simplement pillé une bijouterie spécialisée dans l'occasion. Nous en avons emporté seulement une petite partie, parce que nous avons été obligés de décrocher et de remonter plus haut dans la montagne.

— Qu'est-ce qui indiquait l'identité du mort ? Ses papiers ?

— En fait, il avait plusieurs jeux de papiers. Mais il avait des documents de police allemande au nom de Fanch Tanguy. Et des gars de notre groupe, des Français, ont dit qu'ils le reconnaissaient. Ils connaissaient des photos de lui.

— Qui était l'autre ?

— Je ne sais pas.

J'ai haussé les sourcils.

— Même sur le moment, nous n'avons pas su, a expliqué le chauve. Parce que l'autre type aussi avait plusieurs jeux de faux documents, à des noms que personne ne connaissait. Et malheureusement, il nous a filé entre les pattes quelques heures plus tard, dans la montagne. Nous n'avions pas eu le temps de l'interroger, parce que nous n'avions pas arrêté de cavaler depuis l'accrochage, et il y a eu un malentendu sur une histoire de tour de garde, et il a filé. Il faisait nuit, c'était la montagne... (Le chauve a eu un sourire en coin et a levé les deux paumes horizontalement.)

— Vous n'aviez pas un journal de marche, quelque chose sur quoi on aurait noté les différentes identités des deux types ?

— Si, bien sûr. Mais je ne sais pas trop où il se trouve à présent.

— A Toulouse, a dit Melis-Sanz.

— Pas sûr, a dit le chauve.

— Sûr ! a affirmé Melis-Sanz en hochant vigoureusement la tête.

De toute façon, pour le moment, Toulouse ou le Spitzberg, c'était kif-kif pour moi. Le chauve m'a tout de même donné une adresse à Toulouse. Melis-Sanz nous a reversé de l'anisette ; nous avons rebu.

— Dites-moi, ai-je demandé comme nous nous levions pour partir. Est-ce qu'il n'y a pas une possibilité que le type qui vous a échappé, ce jour-là, soit Fanch Tanguy ? Qu'il ait échangé son identité avec l'autre, vous voyez ce que je veux dire.

— Non, a dit le chauve et puis il a hésité et réfléchi scrupuleusement, puis il a secoué la tête : Non, a-t-il répété. C'est exclu. Ah, j'y pense, si ça peut vous être utile, l'autre type devait être médecin. Il avait une trousse de médecin et des médicaments, vous voyez le genre.

J'ai vaguement hoché la tête. Haymann et le chauve se sont encore tapés sur les épaules et embrassés sur les joues, diverses mains se sont serrées, dont la mienne, et Melis-Sanz nous a raccompagnés sur le palier, et nous sommes partis.

— Ces types, vous savez, a dit Haymann comme nous marchions vers la voiture, ils n'ont pratiquement pas arrêté de se battre depuis 1933 ou 34, d'une manière ou d'une autre. Mais maintenant nous sommes vieux.

Je n'ai pas répondu. Il faisait noir et mouillé dehors.

IX

Quand nous sommes remontés à l'appartement du copain Jules, Charlotte avait fait de l'ordre dans le salon, elle avait mis le couvert pour trois sur la table de verre, et une odeur alléchante émanait de la cuisine. Le téléviseur couleur était en marche et diffusait la fin des informations d'Antenne 2. Il était question d'une catastrophe aérienne en Allemagne, dans quoi un boxeur français avait trouvé la mort. La chose semblait mériter des commentaires très longs et plusieurs interviews. Charlotte est sortie de la cuisine, vêtue d'un peignoir d'éponge trois fois trop grand pour elle, les cheveux sous une espèce de turban d'éponge, les joues rosies par la vapeur.

— Je suis descendue acheter à bouffer. J'ai plus un rond. Une pintade avec des patates, ça ira ?

Nous avons chaudement approuvé. J'ai décroché le téléphone et j'ai appelé les Renseignements. J'avais le nom d'un abonné et son numéro de téléphone. Je désirais connaître son adresse. Ils me l'ont donnée. L'abonnée Renée Mouzon habitait Neuilly. Merci mademoiselle.

Nous nous sommes attablés. La pintade était bonne. D'après Charlotte, l'important était de lui fourrer deux petits suisses dans le ventre. Ça ne me souriait pas tellement, comme idée, mais l'oiseau était onctueux, faut admettre.

— Ils ont parlé de vous, Tarpon, à la radio tout à l'heure, a dit Charlotte. Ils ont parlé de la 2 CV, le mec mort à l'intérieur et des traces de balles, ils ont dit « des traces de balles ». Ils ont dit que c'est une ténébreuse affaire.

— C'est tout ?

Elle a hoché la tête.

Après les informations et la publicité, la présentatrice a annoncé un film de Serge Cukor (« George, connasse », a interjeté Charlotte d'une voix paisible). Je me suis essuyé la bouche et je me suis levé.

— Il y a bien une cabine téléphonique en bas, dans les deux cents mètres ? ai-je demandé. Vous m'excusez un petit moment.

— Vous n'allez pas vous tirer pendant un Cukor ! s'est exclamée Charlotte avec une expression d'horreur véritable.

— Je préfère appeler d'une cabine, ai-je dit et je suis descendu, j'ai marché deux cents mètres jusqu'à la cabine que j'avais repérée, j'ai formé le numéro.

— Allô, oui ? (C'était Coccioli et il avait la bouche pleine. J'ai pressé le bouton et la communication s'est établie.)

— Eugène Tarpon à l'appareil.

Je l'ai distinctement entendu déglutir et ensuite il est encore demeuré silencieux pendant trois ou quatre secondes.

— C'est pas trop tôt, a-t-il affirmé enfin. Où êtes-vous ?

— Ts, ts, ts.

— Qu'est-ce que vous proposez ?

— Où êtes-vous, vous ? C'est quoi, ce numéro ?

— Je suis dans la merde, a-t-il gloussé nerveusement. Non, c'est chez moi, blague dans le coin, je suis chez moi. Square Saint-Lambert, dans le XVe arrondissement. Je vous donne l'adresse ?

Bêtement, j'ai secoué la tête, tout seul dans la nuit dans ma cabine téléphonique éclairée, aux vitres fouettées par la pluie.

— Non. Vous avez une voiture ? Elle est comment ?

— GS. Tabac.

— Donnez-moi le numéro d'immatriculation.

Il me l'a donné.

— Bon, ai-je dit. Vous la prenez tout de suite. Vous enfilez le périphérique extérieur du côté de la porte de Versailles. Vous roulez à 50 km/h sur la voie de droite. Vous tournez autour de Paris et vous attendez que je vous fasse signe.

— Mais comment... Écoutez, Tarpon, ça ne va pas du tout, ça.

— Ça ira très bien, ai-je dit et j'ai coupé la communication.

Vers 21 h 15, des GS tabac qui se traînent à 50 km/h sur la voie de droite du périphérique, il n'y en a pas trente-six ; il n'y en a même pas une, normalement. Quand celle de Coccioli est apparue, s'est rapprochée du pont de la porte de Vincennes, a passé dessous, j'étais sur le pont à scruter et à me mouiller, je l'ai vue.

J'ai regagné l'Aronde garée à une centaine de mètres

de là, moteur tiède. Je suis monté dedans, j'ai démarré, j'ai pris le périphérique à la suite de Coccioli. L'Aronde d'Haymann est un très médiocre tas de boue mais on arrive presque à la monter à cent, en s'accrochant bien. J'ai même doublé une SM, il faut dire qu'elle se traînait vraiment.

J'ai rejoint Coccioli aux abords de la porte de la Villette. Je me suis d'abord mis derrière lui pour vérifier le numéro de l'automobile, et je lui ai fait deux appels de phares. Il a allumé l'éclairage intérieur de sa voiture et s'est brièvement retourné vers moi. Je l'ai doublé et je me suis installé devant lui à demi-vitesse. La rampe de sortie de la porte de la Villette arrivait sur nous; j'ai mis mon clignotant et je l'ai enfilée. Coccioli a suivi.

Nous nous sommes garés dans cette avenue qui est pleine de bons restaurants à viande. J'ai marché vers la voiture de Coccioli. Il est descendu, en pardessus, les yeux creux.

— C'est inutile de rester là à se les geler, ai-je observé.

Nous avons gagné un rade graillonneux. Nous nous sommes installés au fond, Coccioli devant un café, moi devant un grog.

— Comme ça, ai-je dit, vous jouez double jeu.

— Moi ? a dit Coccioli. Comment ça ? Mais non !

— Mon œil. Pendant que vous me cherchiez chez Haymann, quelqu'un d'autre me cherchait chez Charlotte Malrakis. Division du travail.

— Vous êtes cinglé.

— Mais d'un autre côté, ai-je poursuivi, vous m'avez plus ou moins averti, pour Madrier. J'ai tendance à croire que vous m'avez sauvé la vie, même, et quoique sans faire exprès. Alors ce n'est pas tellement cohérent. Sauf à supposer que vous essayiez de couvrir tous les tableaux. Ou bien je suis trop soupçonneux. Vous n'aimiez pas Madrier, et peut-être que vous n'aimez pas les gens qui lui sont liés. Mais ce sont des gens puissants. Peut-être que vous aimeriez les mettre en l'air. Mais vous n'êtes pas sûr que c'est possible. Vous me filez un coup de main pour que je les mette en l'air. Mais si je me casse la gueule, vous les aiderez à m'achever. Vous voulez surtout vous retrouver du côté du manche. Des commentaires ?

— Attendez une seconde, ça ne se passe pas comme ça, a dit Coccioli. Attendez une seconde !

Il regardait la table. J'ai bu la moitié de mon grog et je me suis brûlé l'œsophage.

— D'ailleurs, merde, a déclaré Coccioli. Croyez ce que vous voulez, je m'en fous.

Je l'ai dévisagé. Je n'avais pas réussi à le mettre en colère. On pouvait donner au phénomène plusieurs explications, toutes peu plaisantes.

— Qu'est-ce que vous savez de Fanch Tanguy ? ai-je demandé.

— Avant que vous me montriez la photo, je n'avais jamais entendu ce nom.

— Il faut vous documenter sur l'histoire de la collaboration. Dans votre milieu, ça vous sera utile.

— C'est facile de baver sur la police.

— Malheureusement, ai-je dit.

Coccioli tirait sur une mèche de ses cheveux noirs. Il la rabattait devant son œil. Ça le faisait loucher.

— Qu'est-ce qui s'est passé à Marseille ? ai-je

demandé. Sur quoi la section financière du SRPJ est-elle tombée, qu'on la foute en l'air avec des promotions ?

— Ça ne tient pas, a fait Coccioli d'un ton méditatif.

— Qu'est-ce qui ne tient pas ?

— Écoutez, je ne sais pas sur quoi ils ont pu tomber, sur quoi Madrier a pu tomber. C'est lui qui est tombé sur quelque chose, et il y a peut-être deux ou trois autres flics qui savent sur quoi. Moi, je ne sais pas et je ne comprends pas. (Comme je le regardais méchamment, il a secoué vivement la tête en redressant le torse ; ses cheveux ont fouetté son front.) Écoutez, a-t-il répété, je sais sur quoi Madrier travaillait, mais ça ne tient pas, parce que s'il avait abouti, ça n'aurait pas été étouffé.

— Sur quoi, ai-je fait avec patience et en articulant avec une précision extrême et paisible, sur quoi, nom de Dieu, Madrier travaillait-il ?

— Le fric de l'opposition, a dit Coccioli.

— Pardon ?

— Le pognon, les sources de pognon de divers mecs, de divers groupes, de diverses firmes qui appuient des partis d'opposition au gouvernement. C'est pour ça que ça ne tient pas debout. Si Madrier avait trouvé ce qu'il cherchait, vous pensez bien que le gouvernement s'en serait servi.

— Qui vous dit qu'il ne s'en est pas servi ?

— Pardon ?

J'ai laissé errer mon regard sur la salle du bistrot. Par-delà une cloison de bois peint et de verre dépoli, des hommes épais riaient au comptoir. Ça sentait la frite sale.

— Ah oui, d'accord, a soudain dit Coccioli.

J'ai pris une Gauloise dans le paquet qu'il avait posé sur la table et je l'ai allumée avec son briquet.

— Kasper, vous savez qui c'est ? ai-je demandé.

— O.K. D'accord. Je sais qui c'est.

— Est-ce que vous savez où il est ?

— Non.

— Vous pourriez l'apprendre ?

— Non.

J'ai écrasé la Gauloise à peine entamée.

— Vous n'avez pas de rapports intimes avec eux, ai-je dit.

— On pourrait même dire que je n'ai pas de rapports du tout.

— On pourrait, mais ce ne serait pas exact.

— Écoutez, Tarpon, a dit Coccioli, arrêtez de m'emmerder. Vous ne comprenez pas comment ça se joue. Nous sommes entre policiers, nous sommes entre camarades, il y a des choses... Écoutez, la police fait son boulot ; et puis il y a de petites coteries qui se forment, parce que ce n'est pas toujours un boulot propre, de petites coteries se forment entre des gens qui ont le même cadavre dans le même placard, vous comprenez ça, nom de Dieu ? Et ceux qui sont à l'extérieur de la coterie sont vaguement au courant, et ça ne va pas plus loin, on ne s'occupe même pas vraiment de savoir où commence la coterie et où elle s'arrête.

— De sorte, ai-je dit, que vous ne savez même pas si vous êtes dedans ou dehors, vous personnellement, Coccioli. C'est bien pratique.

Coccioli a porté sa tasse à sa bouche et j'ai entendu ses dents heurter le récipient. Un peu de café a coulé sur son menton. Il a reposé sa tasse d'un coup sec.

— Je sais où j'en suis, Tarpon, a-t-il dit. Ça ne servirait à rien que je vous explique.

— Et moi, ai-je dit avec calme, il n'y a aucun flic à qui je peux faire appel à l'heure présente. Il y a peut-être seulement cinq ou six flics en France qui sont suffisamment mouillés dans cette histoire pour me descendre si je tombe sur eux. Mais c'est suffisant. Je ne peux pas aller à la police. Je suis certain qu'un type comme le commissaire Chauffard, mettons, est un type sûr, puisqu'on lui a ôté l'enquête. N'empêche que si je vais le trouver, il commencera par me mettre au trou, il ne peut rien faire d'autre. Et quand je serai au trou, il peut m'arriver n'importe quoi. Je me pendrai dans ma cellule ou quelque chose. Supposons même que j'aille trouver l'IGS...

— Il n'est pas souhaitable de mêler l'Inspection Générale à ce merdier, a vivement coupé Coccioli et j'ai vu les coins de sa bouche se pincer.

— Supposons que je le fasse, là aussi je me retrouverai au trou. Et si vos rigolos ont des protections politiques, j'ai peur même de l'IGS. Vous avez de la veine. Je vais continuer à cavaler jusqu'à ce qu'on me coince. (J'ai fini mon grog qui était devenu tiédasse.) Je veux la fiche de police de Charles Pradier. Je veux celle de Kasper, s'il en a une. Je veux que vous fassiez des recherches dans les archives, pour moi, Coccioli. Je veux que vous appreniez le maximum sur Fanch Tanguy, sur le passé de Madrier. Démerdez-vous. Je vous ferai signe. Restez assis pendant que je sors.

Je me suis levé.

— Au fait, ai-je demandé, pourquoi est-ce que vous n'essayez même pas de m'arrêter ?

— Bonne question, a soupiré Coccioli.

Il m'a presque souri, le chien ! J'ai traversé le bistrot et je suis sorti sur l'avenue. Il vasait, il vasait toujours. J'ai jeté un regard circulaire. Il était près de 10 heures du soir, il y avait un peu de circulation.

J'ai traversé la chaussée luisante et je me suis remis au volant de l'Aronde en grognant. J'étais fatigué et j'avais mal au bassin et au flanc et j'étais irrité et j'en avais ras-le-bol. Un instant j'ai envisagé de retourner auprès de Coccioli et de me constituer prisonnier et qu'il se démerde. J'ai démarré.

J'ai fait demi-tour sur place et je me suis dirigé vers le périphérique. Une Citroën SM a déboîté et fait demi-tour derrière moi. J'ai pris le périphérique extérieur. La SM m'a suivi. Je roulais à 80. Elle roulait à 80. De ma veste de mouton (en vérité, la veste de Nick Malrakis), j'ai sorti le MR 73. J'ai posé le revolver sur le siège à côté de moi.

Diverses portes de Paris ont défilé et la SM ne se rapprochait pas. Les gens qui étaient derrière moi, il fallait que je les sème ou bien que je les laisse me filer le train jusqu'à les mener à Haymann et à Charlotte. Je ne voyais pas comment les semer avec l'Aronde.

Ça m'a pris jusqu'à la porte Brancion pour me décider. Alors j'ai mis mon clignotant et je me suis engagé sur la longue rampe qui monte vers le pont du chemin de fer. En arrivant en haut, la SM quatre-vingts ou cent mètres derrière moi, j'ai vu que le carrefour devant le pont était bloqué par des policiers, avec un car et des motos, et de grosses lanternes rouges clignotantes qu'ils balançaient à bout de bras pour faire arrêter les véhicules.

Je ne sais pas ce que j'aurais fait si j'avais réfléchi, mais je me suis aperçu que j'accélérais en arrivant sur eux et ils se sont écartés en s'agitant follement. J'ai brûlé le barrage. L'Aronde était à peu près à 100 km/h. J'ai encore brûlé deux feux rouges, cramponné à mon volant, et à présent il y avait la SM à mes trousses, elle avait aussi brûlé le barrage et les deux feux, et puis il y avait deux motos derrière elle, et puis j'ai dévalé la rampe d'entrée au périphérique de la porte de Vanves et, en arrivant en bas, j'ai braqué un peu et j'ai bloqué mon frein à main, et l'Aronde a fait un tête-à-queue.

J'ai accéléré. Je me suis retrouvé le capot vers l'ouest, filant bon train, à contresens sur le périphérique extérieur. Il m'apparaissait à l'évidence que j'étais foutu et je considérais la situation avec une certaine curiosité amusée. Entre-temps, on s'était mis à tirer, je ne savais pas au juste qui ni sur quoi, mais il y avait au moins une mitraillette. Et moi j'enfilais le périphérique à l'envers, et des phares arrivaient sur moi, et zigzaguaient follement, et passaient comme des boules de neige à gauche et à droite, dans un pandémonium d'avertisseurs et de freins. Alors j'ai été pris d'un fou rire nerveux.

Après, j'ai accroché la barrière centrale. J'ai rebondi assez longuement et j'ai fini par m'arrêter dans une odeur de caoutchouc brûlé. Machinalement j'ai fourré le MR 73 dans ma poche, j'ai ouvert ma portière et je suis descendu sur la chaussée, plutôt distrait (je n'étais pas à ce que je faisais, voyez-vous ?) et je me suis mis sur le terre-plein central, à l'abri des autos qui continuaient de débouler, mais moins vite — ça commençait à s'embouteiller entre la porte Brancion et la porte de Vanves, et il y avait toujours des tirs mais ce n'était pas sur moi qu'on tirait. Je me suis accoudé à la barrière centrale. Le fou rire m'avait quitté mais j'avais des tremblements incoercibles dans les genoux. J'attendais qu'on vînt me chercher pour me conduire en prison ou peut-être à l'abattoir. Je crois que j'avais un coup de fatigue.

X

Au bout d'un moment, mettons quarante secondes ou une minute, je me suis aperçu que personne ne s'occupait de moi. Ce qu'il y a de bien, sur le périphérique, c'est que c'est éclairé : j'ai regardé du côté de la porte de Vanves. Les voitures étaient bloquées à présent sur 2 ou 300 mètres et, à l'extrémité de l'embouteillage, j'ai vaguement aperçu la SM qui avait embouti la barrière centrale et dont toutes les glaces étaient brisées. Il y avait des policiers sur la rampe de la porte de Vanves. Les coups de feu avaient cessé. Comme mon métier est de tout comprendre, j'ai compris que la SM avait essayé de prendre le même genre de virage que moi, et l'avait loupé. Et ensuite, je supposais que les flics avaient tiré sur la SM, ou bien les gens de la SM avaient tiré sur moi et les flics avaient cru que c'était sur eux, ou bien je ne sais pas.

J'ai regardé en l'air et j'ai vu que j'étais sous le pont. En fait, j'étais sous deux ponts, puisque j'étais sous la circulation urbaine, elle-même plus ou moins surplombée par la ligne de chemin de fer. Le barrage de police était quelque part au-dessus de ma tête. J'ai traversé le périphérique intérieur et j'ai marché vers l'ouest. Je suis arrivé en bas de la rampe d'accès de la porte Brancion. J'ai pris la rampe. Il n'y avait personne pour me questionner ou me tirer dessus. C'était bien reposant.

Pas mal de monde, en revanche, au niveau de la circulation urbaine : des voitures arrêtées, des badauds, des policiers qui couraient en tous sens.

— Qu'est-ce qui se passe ? m'a demandé un petit vieux avec un chien en laisse, un béret sale, un mégot brunâtre et un ton maussade et désabusé.

— Je ne sais pas, c'est par là-bas. (Je lui ai désigné la porte de Vanves, de l'autre côté du pont de chemin de fer.) Il y a eu un accident, je crois.

— Des coups de feu ! s'est sèchement exclamé le petit vieux. Il y a eu des coups de feu !

— Je ne sais pas, ai-je dit, je viens d'arriver.

Il a haussé les épaules. Je l'ai contourné et je me suis dirigé vers le nord. Il m'a suivi des yeux. J'ai pris le métro à la station Porte de Vanves. Je suis rentré chez le copain Jules vers 11 heures du soir. Haymann était seul au salon, dans le canapé de cuir, en train de lire *Le Cabaret de la Dernière Chance* de Jack London en sirotant un grand ballon de vodka rose. La télévision était éteinte. La radio marchait en sourdine sur la table de verre.

— Je boirais bien un verre, moi aussi, ai-je observé.

— J'ai fini la vodka, a dit Haymann. Il y a du scotch dans la cuisine. La petite est allée se coucher, a-t-il ajouté comme je jetais un regard circulaire et interrogateur. Elle était claquée. Vous avez l'air claqué également.

J'ai hoché la tête et je suis allé me confectionner un whisky à l'eau plate, très dilué, que j'ai apporté au salon. Je me suis assis avec un grognement d'aise.

— J'ai cassé votre voiture.

— Ah bon, a dit Haymann.

Je lui ai donné les détails.

— Comment ça se fait, a demandé Haymann, qu'ils vous attendaient à la sortie du bistrot ? Coccioli n'a pas eu le temps matériel de les prévenir, si ?

— Je ne sais pas. Je pense qu'ils filaient simplement Coccioli.

— Oui, a dit Haymann. Et d'un autre côté, peut-être qu'il est à fond avec eux, depuis Marseille, depuis le début. Quand il vous a envoyé Marthe Pigot, il vous a dit explicitement de ne pas faire l'enquête qu'elle demandait.

— Dans le contexte, c'était assez naturel.

— Tout de même, ça tombe bien.

J'ai soupiré.

— Vous savez, a dit Haymann, tout ça ne peut pas durer beaucoup plus longtemps.

— Je sais.

— C'est un miracle qu'ils ne vous aient pas encore coincé. Il va vous falloir un miracle par jour, pour continuer à cavaler. Et vous voulez cavaler jusqu'où ?

J'ai haussé les épaules et soupiré une seconde fois et décroché le téléphone. J'ai sorti un bout de papier de ma poche, je l'ai consulté et j'ai formé ce qui semblait être un numéro de téléphone automatique en province.

— Enfin, a dit Haymann d'un air pincé, vous faites comme vous voulez, hein.

La communication téléphonique a mis longtemps à s'établir.

— Communauté des Skoptsys Réformés, a déclaré une voix féminine suave. Que puis-je pour vous ?

J'ai raccroché. Je me suis levé et je suis allé vers les rayonnages à livres. J'ai cherché dans le Nouveau Petit Larousse en couleurs, dans le Petit Robert et dans le Chamber's Twentieth Century Dictionnary, mais ça n'y était pas.

— Qu'est-ce que vous cherchez ? a demandé Haymann.

Je lui ai passé le tract mystico-hygiéniste.

— Skoptsys.

— Si ma mémoire est bonne, a dit Haymann, c'est une antique secte russe. De joyeux drilles. Considérant que le mal vient de la chair, ils avaient une certaine propension à s'arracher les roubignolles en chantant des cantiques. Vous songez à entrer dans les ordres, Tarpon, mon bon ? Il me semble que c'est un numéro de Seine-et-Marne que vous avez là, mais je n'en jurerais pas.

J'ai appelé les renseignements téléphoniques. J'avais le numéro de l'abonné et son nom, derechef, et ces bons vieux renseignements n'ont fait aucune difficulté pour me communiquer l'adresse. La Communauté des Skoptsys Réformés perchait du côté de Villers-Cotterêts. J'ai remercié, raccroché et pris note.

— A propos de roubignolles, a dit Haymann, vous avez raté quelque chose. Vous auriez mieux fait de rester devant la télé, au lieu d'aller faire le trompe-la-mort. La mère Ava Gardner, boudiou, quelle belle femme ! Qu'est-ce que vous cherchez encore ?

— Une carte routière.

— Faut pas trop demander. On en achètera une demain.

— On achètera une voiture, aussi. S'ils continuent à ne pas parler de vous dans les journaux, vous irez chez un casseur quelconque, vous nous trouverez un engin à cent sacs, c'est le maximum qu'on peut se permettre. Pourvu que ça roule quelques jours, c'est tout ce que je demande.

— A vos ordres, chef! a crié Haymann. Dites, arrêtons de parler boutique pour ce soir, vous voulez bien ? Je suis un peu triste et un peu las, Tarpon. Vous voulez que je vous enseigne les échecs chinois ? (J'ai secoué la tête.) Il n'y a pas de jeu d'échecs occidental dans cette baraque, a dit Haymann, mais il y a des échecs japonais et des échecs chinois. La petite Charlotte sait jouer aux échecs chinois. Elle m'a battu, la petite vache. C'est une gentille fille.

— Oui.

— Trop maigre. Je préfère Ava Gardner. Mais gentille. Vous devriez aller lui dire bonsoir, je crois que ça lui ferait plaisir.

— Mais comment ? ai-je bredouillé. Mais comment, mais non !

Je me suis retourné vers les rayonnages à livres et je me suis mis à déchiffrer différents titres au dos des volumes, en penchant la tête. J'ai entendu Haymann ricaner doucement dans mon dos, puis je l'ai entendu vider son verre et le reposer, et se lever en soupirant.

— J'ai fait mon lit dans l'autre chambre, a-t-il dit. Désolé pour vous, mon vieux, mais il ne vous reste que le canapé. Faites de beaux rêves et ne cherchez pas le scotch, je le prends avec moi.

— Bonsoir, ai-je dit.

— Bonsoir.

Je suis resté un moment à regarder les dos des livres. Je me sentais épuisé, et pourtant je n'avais absolument pas sommeil. Au bout d'un moment j'ai remis la veste de mouton et je suis ressorti de l'appartement.

J'ai pris le métro à Nation et je suis descendu à Sablons. Renée Mouzon habitait une petite rue à 200 mètres du métro, un immeuble cossu. A la loge de concierge, il y avait une liste de locataires, bien propre, le nom de chaque habitant sur un petit rectangle amovible. J'ai pris l'ascenseur jusqu'au quatrième étage, où il y avait deux portes à double battant. Il y avait sur un battant une carte de visite au nom de Renée Mouzon, exactement semblable à celle que j'avais trouvée dans le portefeuille de l'homme en bannière. Il était minuit moins le quart. J'ai appuyé sur le bouton de sonnette et j'ai laissé mon doigt dessus jusqu'à ce qu'on ouvre. Ça n'a pas pris longtemps.

— Qu'est-ce que c'est ?

La femme avait entrouvert la porte, qui était maintenue par une chaîne de sécurité, ustensile peu utile. J'ai sorti une vieille carte de ma poche et je la lui ai agitée devant les yeux.

— Inspection générale de la Gendarmerie nationale, ai-je annoncé avec le plus grand sérieux. Renée Mouzon ? Veuillez ouvrir.

Elle m'a considéré d'un œil las et elle a ouvert. Elle m'a précédé dans un salon Louis XV à tentures ivoire. Elle était vêtue d'une robe de chambre en soie isabelle, elle avait aux pieds des mules avec des pompons blancs, elle était frisée comme un mouton et ses cheveux étaient couleur de beurre frais ; par ailleurs, elle avait un beau corps un peu fatigué, pulpeux, qui remuait sous la soie quand elle marchait, et un visage rond, joli, un peu fatigué aussi, laiteux, avec de grands yeux bleus battus. Quand elle parlait, elle gardait en bouche sa cigarette à bout liégé.

— Vous savez, ai-je dit comme nous entrions dans le salon Louis XV, vous n'êtes pas obligée de me recevoir à cette heure-ci. Mais ça nous retarderait beaucoup si j'étais obligé de revenir demain.

— Asseyez-vous.

— Je vous remercie de votre coopération, ai-je dit et je me suis assis sur une bergère avec précaution.

Renée Mouzon a écrasé sa cigarette dans un cendrier de porcelaine, en a pris une autre dans un coffret d'argent et l'a allumée avec un briquet en argent.

— Est-ce qu'il s'agit de Lionel ? a-t-elle demandé.

— Quel Lionel ?

— Ah ! Nom de Dieu ! s'est-elle écriée avec une vigueur qui m'a surpris. Ne jouez pas à des petits jeux avec moi ! (Elle a fait un pas de côté et elle a croisé les chevilles et trébuché ; elle est tombée assise dans un fauteuil, avec une espèce de légèreté et de grâce telles que le mouvement a paru presque volontaire et chorégraphique.) Je sais que c'est un bandit, a-t-elle déclaré. Je m'en fous. C'est mon bonhomme.

Elle m'a fusillé du regard, me défiant de dire le contraire. Puis elle a eu un petit rire silencieux et elle s'est penchée exagérément (montrant le haut de ses seins) pour ramasser un gobelet d'argent et une carafe en cristal, par terre à côté du fauteuil.

— En voulez-vous ? a-t-elle demandé en brandissant les objets dans ma direction. C'est du rhum, a-t-elle précisé.

J'ai secoué la tête.

— Nous parlons bien de Lionel Constantini ?

— Qu'est-ce qu'il a encore fait ? (Elle s'est versé un plein gobelet de rhum en tenant le gobelet et la carafe à la hauteur de ses yeux. La fumée de sa cigarette faisait cligner précipitamment sa paupière droite.)

— Il a été mêlé à une fusillade en forêt de Fontainebleau, ai-je dit et elle a reposé très brutalement la carafe et m'a regardé avec angoisse.

— Il a... Il n'a rien ? a-t-elle demandé. Il n'est pas blessé ou... ou... ?

— Je... (Je me suis léché la lèvre d'un air cafard.) Rien de grave...

Elle a bondi hors de son siège, elle s'est précipitée sur moi en manquant se foutre par terre et elle m'a empoigné au collet. C'est tout juste si elle ne m'a pas soulevé de terre, en tout cas je me suis retrouvé debout et acculé contre la bergère. L'haleine de Renée Mouzon sentait terriblement le rhum. Comme elle n'avait pas lâché son gobelet, elle m'avait flanqué la moitié du contenu sur ma veste.

— Où est-il ? Dites-moi où il est ! (Elle hurlait.)

— Si vous me lâchez et si vous répondez à quelques questions, je vous dirai comment le joindre.

Elle a lâché le gobelet qui a rebondi sur le tapis. Ce qui restait de rhum s'est répandu. Elle m'a secoué comme un prunier en se cramponnant à mon col, d'une manière pour ainsi dire méthodique. J'ai attendu qu'elle se calme. Elle s'est calmée.

Elle a reculé en traînant les pieds et s'est assise dans le fauteuil.

— Je vous assure que je suis désolé de faire ça, ai-je dit. Je ne peux pas faire autrement.

— Sale fumier. (Ceci d'un ton calme et bas.)

— Connaissez-vous un dénommé Fanch Tanguy ? (Elle a secoué la tête, le regard vide.) Charles Pradier ?

— Il est mort. (Voix éteinte, morne.)

— Vous le connaissiez ?

— Un ami de Lionel. Je l'ai vu deux ou trois fois.

— Lionel et lui travaillaient régulièrement ensemble ?

— Je ne sais pas.

— De temps en temps.

— Je ne sais pas. Peut-être bien. (Toujours la voix éteinte.)

— Et ces derniers jours, ils travaillaient ensemble ?

— Je crois.

— Pourquoi le croyez-vous ?

— Hein ? Oh, Lionel était ici la nuit dernière, et il a reçu un coup de téléphone, et ensuite il m'a dit que Charles Pradier était mort.

— Sur quoi est-ce qu'ils étaient, ces jours-ci, ensemble ?

— Je ne sais pas. Lionel ne me parle pas de ses affaires.

— Il aurait pu laisser échapper quelque chose.

Elle a ri silencieusement. Elle a empoigné la carafe de rhum et elle a bu au goulot. Du rhum a coulé sur son menton et dégoutté dans l'échancrure de son peignoir. Quand elle a reposé la carafe, elle a ri à haute voix, à bouche ouverte.

— Vous êtes en train de vous détruire complètement, ai-je observé, à vous amouracher de types comme ça et à picoler comme vous faites.

Elle m'a regardé comme si j'étais un Martien.

— Je crois que je ne veux plus rien vous dire, a-t-elle déclaré. De toute façon, vous me mentez. Je crois que Lionel est mort.

— Lionel est à l'hôpital à Fontainebleau. Il a reçu du plomb de chasse dans l'épaule. Il a perdu du sang, mais il se remettra assez vite.

— C'est vrai ?

— Je vous le jure.

— Bon, a dit Renée Mouzon après un instant de méditation. Bon, je vous crois.

— Il faut que j'achève de vous interroger, ai-je dit, et puis vous serez autorisée à téléphoner à Fontainebleau.

— Trois questions.

— Je vous demande pardon ?

Elle a gloussé. Elle dodelinait.

— Vous êtes un fumier gentil, a-t-elle déclaré dans une intention explicative. Vous avez droit à trois questions, comme dans les contes. Et puis je ne vous dirai plus rien.

Je l'ai regardée fixement, ce qui l'a fait glousser encore. J'ai soupiré.

— Vous connaissez un nommé Kasper ?

— Non. Ça fait une.

— Qu'est-ce que la Communauté des Skoptsys Réformés ?

— C'est une espèce de monastère bidon du côté de Meaux. C'est censé régénérer le corps et l'esprit. Vous voyez le genre. Yoga et méditation. Chefs d'entreprise et vieilles peaux. C'est là que j'ai rencontré Lionel. Attention, Lionel n'est pas du genre qui donne dans ces niaiseries, et moi non plus. C'est mon patron qui faisait un séjour là-bas, et moi, bon, je suis sa secrétaire, n'est-ce pas, et Lionel avait rendez-vous avec mon patron, là-bas, voilà. Ça fait deux.

J'ai cherché désespérément une troisième question, parce que j'avais le sentiment très vif qu'elle allait faire comme elle avait dit, se taire absolument après qu'elle m'aurait donné la troisième réponse. Mais mon esprit était vide, ou peut-être qu'il était trop plein.

— Qu'est-ce qu'il fait, votre patron ? ai-je demandé bêtement.

— Il dirige une fondation pour les aveugles, a dit Renée Mouzon et elle a ajouté : Ça fait trois — et sa tête a glissé sur le côté, sa bouche s'est entrouverte et un léger ronflement est monté de sa gorge ; elle pionçait comme un fou.

XI

Comme je refermais la porte d'entrée de l'appartement du copain Jules, Charlotte s'est précipitée vers moi.

— Mais où est-ce que vous étiez ? Qu'est-ce que vous m'avez fait peur, espèce de con !

— Désolé, ai-je dit et je l'ai contournée et j'ai gagné le salon où j'ai ôté la veste de mouton et je me suis assis sur le canapé pour essayer de réfléchir.

Charlotte m'a suivi et s'est perchée dans un siège en plastique blanc, de forme baquet, monté sur un pied unique assez haut, avec un coussin orange vif. Charlotte portait un pull du copain Jules, une gigantesque affaire en laine blanche à grosses côtes, qui lui descendait presque jusqu'aux genoux. Elle a de jolis genoux. Elle me regardait d'un œil noir. Elle fumait une Gitane et il y avait quantité de mégots dans un cendrier carré sur la table de verre et la pièce était pleine de fumée.

— Je me suis fait un sang d'encre, a dit Charlotte. J'ai fait un cauchemar et ensuite je ne pouvais pas dormir, et vous n'étiez plus là.

— Mais dites donc ! me suis-je exclamé avec une certaine incohérence. Où est-ce qu'il est, Nick ? Où il est votre mari ? Je veux dire, enfin...

— Il est sur un tournage dans le Midi. Vous faites des associations d'idées intéressantes, Tarpon.

— Moi ? Quoi ?

— Je vous dis que je ne peux pas dormir, vous me demandez soudain où est mon mec. Qui n'est pas mon mec, d'ailleurs.

— Pas votre mec ?

— Nick est un petit merdeux. Je m'en fous. Qu'il aille où il veut, avec ses putes. Oh, laissez tomber, voulez-vous ?

— Mais je laisse tomber, ai-je dit, je laisse tomber, je ne dis rien, c'est vous !

— Fermez-la un peu, Tarpon, hein, nom de Dieu !

J'ai soupiré, j'ai baissé les yeux et je suis demeuré bien immobile pendant quelques instants. J'entendais Charlotte s'agiter sur son siège. Apparemment elle cherchait une position confortable et n'en trouvait pas.

— Je suis allé chez Renée Mouzon, ai-je dit. Vous savez, la femme dont j'ai trouvé l'adresse dans le portefeuille, le portefeuille du type qu'Haymann a blessé.

J'ai raconté à Charlotte. Au bout de trois phrases, elle a quitté son perchoir et elle est venue se pelotonner à un bout du canapé en jurant et en injuriant le siège et en déclarant qu'elle serait mieux là. J'ai quitté le canapé pour ouvrir la fenêtre pour aérer un peu, puis je me suis assis dans le fauteuil.

— Puritain, trouillard, a dit Charlotte d'une voix sifflante.

Je n'ai pas relevé et j'ai achevé ma narration. J'ai ajouté quelques commentaires et supputations. Charlotte est allée fermer la fenêtre pour la raison qu'il faisait froid.

— Demain, ai-je dit, si vous n'avez pas tous votre fiole dans les journaux, le père Haymann tâchera de nous procurer une bagnole. Entre autres choses, j'aimerais bien jeter un coup d'œil en Seine-et-Marne.

— Oui. Moi aussi.

— Ah non, ai-je dit, pas vous. Vous allez rester bien tranquillement dans cet appartement jusqu'à ce que cette histoire soit terminée.

— Impossible. J'ai peur, toute seule.

— Ma petite, je parle sérieusement.

— Je ferai ce que je veux, a déclaré Charlotte. Ou bien vous me gardez avec vous, ou bien je vais trouver les journaux et je sème une merde terrible. C'est ce qu'on devrait faire de toute façon, à mon avis. Mais ça ne vous plaît pas.

J'ai réfléchi et soupiré.

— On verra ça demain à tête reposée, vous voulez ? Il est 2 heures du matin et nous avons tous eu une rude journée. Il est temps de dormir.

— C'est ça, a dit Charlotte. Venez vous coucher.

— Allez vous coucher, ai-je dit.

— Venez vous coucher.

Je la regardais. Elle a pouffé.

— Ça suffit, maintenant, Charlotte ! ai-je affirmé.

— Quoi ? Vous avez une objection valable ? Faites-moi une seule objection valable.

J'ai réellement cherché.

— Je ne suis pas beau, ai-je dit.

— C'est à moi d'en juger. Si je ne vous plais pas, c'est autre chose. Dites-moi que je ne vous plais pas.

— Vous ne me plaisez pas, Charlotte.

— Foutu menteur, a dit Charlotte.

— Oh, et puis zut, ai-je dit et je me suis levé. Et puis zut, bon, d'accord.

Elle est allée dans la chambre du fond. Je l'ai suivie. Je me suis déshabillé avec gêne dans la pénombre et ensuite j'ai rejoint Charlotte dans le lit. Elle m'a aussitôt étreint avec une énergie et une motilité excessives et avec une grande nervosité. Au bout d'un instant elle s'est dégagée brutalement ; en fait, elle m'a donné un coup de poing dans l'œil en me repoussant ; et elle a dégringolé du lit et couru hors de la chambre et jusque dans la salle de bains où je l'ai entendue qui vomissait.

Quand elle est ressortie de la salle de bains, j'avais mis un pyjama que j'avais trouvé dans l'armoire de la chambre et j'étais assis dans le salon. J'avais trouvé aussi une couverture que j'avais apportée et posée sur le canapé.

— Je suis vraiment confuse, a dit Charlotte assez doucement. Ce n'est pas du tout vous, vous savez. Ce sont ces mecs. Ils m'ont assez secouée, vous comprenez, malgré tout. J'aimerais vraiment baiser avec vous, je suis sûre que ça peut être le pied. Dans quelque temps, dans un jour ou deux, n'est-ce pas, d'accord ?

— Quand vous voudrez, oui, d'accord, ai-je dit, assez doucement moi-même et je l'ai prise par le coude et emmenée dans la chambre, je l'ai aidée à enfiler un pyjama, je l'ai couchée, je l'ai bordée, je lui ai caressé doucement les cheveux, elle s'est endormie très vite.

J'ai laissé entrouverte la porte de la chambre, pour le cas où Charlotte ferait d'autres cauchemars. Je suis allé dans la salle de bains laver mes chaussettes et ma chemise. Je les ai mises à sécher. Pour la chemise, c'était un peu du temps perdu à cause de la brûlure-déchirure au côté mais il fallait bien que je mette quelque chose de propre demain. Ensuite j'ai pris une douche et je suis allé me coucher sur le canapé du salon, dans la couverture, vers 3 heures et demie du matin. Je me suis endormi tout de suite et je me suis réveillé à midi.

Il y avait un bruit de voix retenues dans la cuisine. Je suis allé de ce côté en me frottant les paupières avec les poings. J'étais effaré qu'il fût si tard. En même temps, je trouvais que c'était plutôt bien d'avoir tant dormi parce que je me sentais très agréablement reposé et mes diverses meurtrissures allaient beaucoup mieux.

Dans la cuisine, Haymann et Charlotte étaient attablés devant les journaux du matin et discutaient ferme en fumant. Charlotte m'a embrassé sur les deux joues et Haymann a entrepris de refaire du café dans une Cona. En même temps que les journaux, Charlotte avait remonté des croissants en abondance. J'avais une faim de loup. J'ai dévoré en feuilletant les quotidiens. Il n'y avait nulle part nos photographies. La une était partout consacrée au champion de boxe décédé dans l'accident d'avion, ou bien à des événements politiques. Dans les feuilles les plus vulgaires, de nouveaux faits divers crapuleux semblaient avoir remplacé notre affaire dans l'intérêt du public.

Il était tout de même question d'une fusillade sur le

boulevard périphérique et d'un drame mystérieux en forêt de Fontainebleau. Dans le premier cas, il apparaissait que la police avait appréhendé des « repris de justice » qui tentaient de forcer un barrage (les noms des trois interpellés m'étaient inconnus). Dans le second cas, un autre « repris de justice » avait été trouvé blessé d'un coup de fusil de chasse. On n'établissait pas de lien entre les deux affaires, la seconde était expédiée en moins de six lignes dans un seul journal, et nulle part il n'était question de moi, non plus que de la « disparition » de Charlotte ou d'Haymann.

— Presse pourrie, a affirmé Charlotte. Ils font le black-out.

— Ce sont les flics qui font le black-out, a répliqué Haymann d'un air pincé. La presse fait son boulot.

— Mon œil.

— Écoutez, on ne va pas recommencer !

— Non, ai-je dit, ne recommencez pas, s'il vous plaît, nous avons du pain sur la planche.

Un peu plus tard, nous avons quitté l'appartement. Haymann est parti du côté de la porte d'Orléans et de la nationale 20, sur le trajet de laquelle il pensait pouvoir trouver, en banlieue pas trop lointaine, un vendeur de voitures bonnes pour la casse. Et Charlotte et moi nous rendions au métro Saint-Augustin, où perchait la Fondation Stanislas Baudrillart, qui se consacre à la promotion des aveugles.

Pour changer, il faisait sec, mais le ciel était bas et plombé et il y avait un vent coupant. J'avais découvert que le copain Jules était à peu près de ma taille et je lui avais emprunté une chemise rose. Il ne semblait pas que le copain Jules possédât une seule chemise blanche unie.

La Fondation Stanislas Baudrillart gîtait à deux pas de l'église Saint-Augustin, dans une petite rue, au second étage d'un immeuble cossu. Il y avait au coin de la rue un bar-tabac vétuste d'où l'on avait vue sur l'entrée de l'immeuble. Charlotte jouait avec des lunettes de soleil.

— Hé, si je les mettais quand même ? Je vous assure que je peux me faire passer pour une aveugle. Je suis comédienne, Tarpon.

— Nous avons déjà discuté de ça. Ces gens voient des aveugles toute la sainte journée. Laissez tomber. On fait comme on a dit.

Charlotte a grogné et haussé les épaules. Elle a traversé la rue et s'est dirigée vers l'entrée de l'immeuble. Je suis entré dans le bar-tabac et j'ai commandé un café au comptoir. A travers la vitrine, j'ai vu Charlotte pénétrer dans l'immeuble. Il était 14 h 30. A 15 h 10, j'ai vu Renée Mouzon arriver en taxi. A 15 h 25, Charlotte est ressortie.

— Ça n'a pas été du gâteau, a-t-elle dit quand elle m'a rejoint au comptoir du bistrot. Il a vraiment fallu que je fasse tout un numéro, que je ne voulais parler qu'au directeur, que je ne m'en irais pas sans l'avoir vu, et, non, je ne voulais pas dire à quel sujet. Heureusement qu'il règne une méchante ambiance de charité, là-dedans. Tout le monde a été bien patient. J'avais l'air fin, ensuite, quand j'ai expliqué que je cherchais seulement du travail.

— Mais vous avez vu le type ?

— Ben oui, finalement, deux minutes. Un mec bien

poli, d'ailleurs. Il m'a gentiment expliqué qu'il n'y avait pas de place libre et qu'il payait mal de toute façon, les postes bien payés sont réservés aux non-voyants, c'est comme ça qu'il a formulé la chose. C'est vrai, d'ailleurs, sur trois bonnes femmes que j'ai vues, il y en avait deux d'aveugles. Ah, vous avez eu raison de m'envoyer à votre place, j'ai vu aussi votre grosse blondasse.

— Renée Mouzon.

— C'est ça, enfin, la secrétaire du mec, une grosse blonde oxygénée avec des petits yeux de cochon, tout en blanc, on dirait un éléphant blanc.

— Et le directeur, quelle impression ?

— Beau mec. La quarantaine, brun, grand, bronzé. S'appelle Georges Rose, c'est marqué sur sa porte.

— Écrit, ai-je rectifié. Pas marqué, écrit.

Charlotte m'a regardé avec des yeux ronds.

— Mais il est con, ce mec ! s'est-elle exclamée.

— Vous reconnaîtrez Georges Rose ?

— Soyez tranquille. C'est vrai, vous savez, vous êtes con.

— Eh bien, ai-je dit, il n'y a plus qu'à attendre.

Nous avons commandé deux autres cafés que nous nous sommes fait servir à une petite table dans la petite salle du troquet. Charlotte me regardait en coin.

— Vous savez, Tarpon, c'était idiot d'y aller à 2 heures et demie de l'après-midi. Quatre heures et demie, c'était bien suffisant. On se retrouve avec au moins une heure à tuer. Vous avez déjà vu un temps mort pareil, dans une enquête ?

— Ben oui.

— Au cinéma ?

J'ai haussé les épaules.

— Nous aurions pu rester à l'appartement, a observé Charlotte. Tous les deux. Bien tranquillement. Jusqu'à trois ou quatre heures.

— Vous n'allez pas encore me psychanalyser, ai-je dit.

— Je vous aime bien, Tarpon, vous êtes rigolo.

— Vous savez, ai-je dit, il ne faut pas croire, quand les choses se seront tassées, ça me ferait vraiment plaisir d'avoir une liaison avec vous.

Charlotte s'est esclaffée, elle a levé les bras en l'air.

— Une liaison ! a-t-elle répété.

A ce moment, Haymann est entré dans le café. Il avait une heure d'avance sur notre horaire.

— Ah bon, a-t-il dit, vous êtes là. J'interromps quelque chose ? (Il nous a dévisagés ; son cou a pivoté à plusieurs reprises.)

— Tout va bien, ai-je affirmé. Vous êtes en avance.

— J'ai trouvé presque tout de suite. (Il s'est assis et a brandi deux doigts dans la direction de la serveuse.) Une Alfa Roméo. Six cent cinquante francs. Elle a quelque chose comme quinze ans d'âge et elle a été gravement accidentée. Le châssis peut nous claquer dans les fesses d'une seconde à l'autre. (Il s'est tourné vers la serveuse.) Un demi et un cognac. Il paraît qu'elle monte à cent cinquante. Il faudra essayer une fois, pour le frisson.

— On ne nous voit pas de l'extérieur, au moins ? ai-je demandé en faisant un signe de tête en direction de la vitrine.

— Du tout. (Haymann a saisi le cognac dans la main de la serveuse avant qu'elle ait eu le temps de le poser sur la table.) J'ai garé l'horrible engin au coin de la rue et je suis simplement rentré ici m'en jeter un parce que c'est bien placé. Je pensais que vous vous baladiez en m'attendant. (Il a vidé son cognac et saisi la bière de la main gauche avant même que la droite soit retombée.)

— C'est pas un temps à se balader, a déclaré Charlotte d'un ton venimeux. C'est un temps à rester au chaud ! Au lit !

— J'ai acheté un pot de peinture noire et des décalcomanies, a dit Hayman en reposant son demi vide. Il faudrait qu'on change les numéros, à l'occasion. J'ai donné mon nom, évidemment. D'ici vingt-quatre heures, ça va être un numéro recherché. S'il vous plaît ! a-t-il crié en levant deux doigts.

— Qu'est-ce que vous foutez avec une arme ? ai-je demandé d'une voix sifflante parce que la veste d'Haymann bâillait comme il se penchait en avant, et je voyais dépasser la crosse du Python entre chemise et pantalon.

— Je l'ai prise ce matin.

— Ne la portez pas comme ça, vous allez vous faire emporter les honneurs. Mettez-la au moins dans votre poche de veste. Combien on vous doit ? ai-je demandé à la serveuse.

— Attendez, a dit Haymann, je reprends un petit coup.

— Voilà M. le directeur qui sort, a annoncé Charlotte d'une voix paisible.

XII

Monsieur le directeur Georges Rose était grand, brun, bronzé, beau mec, la quarantaine, comme Charlotte avait dit. Un peu plus que la quarantaine, peut-être ; ses cheveux noirs étaient très noirs, probablement teints aux tempes, et sa peau était comme un cuir de reliure. Adepte des lampes à ultraviolets. Et sans doute aussi du yoga, du sauna et de toute cette sorte de choses, oui, ça faisait sens.

Il est sorti de l'immeuble d'un air affairé, vêtu d'un pardessus et coiffé d'un chapeau mou, l'un et l'autre bleu marine, une mallette Delsey à la main. Renée Mouzon trottinait derrière lui. Elle avait un imper blanc à col de lapin et un sac à main. Même à 50 mètres de distance et à travers un voilage et une vitrine sale, on voyait qu'elle était maquillée à la diable, et il semblait qu'elle avait le visage défait. Elle avait un mouchoir dans sa manche gauche et elle l'en a sorti pour le mordre pendant que le directeur Rose, planté sur le trottoir, jetait des regards furibonds vers le haut et le bas de la rue, cherchant des yeux, semblait-il, un véhicule absent.

Et aussitôt une Peugeot 504 gris métallisé est apparue au coin de la rue, s'y est engagée à demi-vitesse et est venue stopper en double file à la hauteur de Rose. Il y avait au volant un type à casquette de chauffeur, plutôt petit, avec une bouille ronde et un teint de cire, la nuque rasée — en fait, on ne lui voyait pas du tout de cheveux sous la casquette. J'avais l'impression de l'avoir déjà vu mais ça ne paraissait pas possible. A sa droite était assis Cedric Kasper.

Vite, Rose et Renée Mouzon ont gagné la chaussée, le chauffeur leur a ouvert la portière arrière sans descendre de l'auto, le directeur et sa secrétaire sont montés, la 504 s'est ébranlée sèchement.

Nous autres, nous avions un sacré retard. Quand Georges Rose était sorti, nous avions payé les consommations, et quand la 504 s'était amenée, nous marchions vers la porte du bistrot. Avec Renée Mouzon, puis Kasper, dans le champ, il n'était plus question de montrer nos frimousses sur la voie publique.

Aussitôt que la 504 a filé vers l'extrémité de la rue, Haymann s'est précipité dehors et a couru jusqu'à l'autre bout de la voie, et nous cavalions sur ses talons. La 504 a tourné et disparu tandis qu'Haymann ouvrait la portière d'une abominable Giulia vert bouteille dont les quatre ailes et les quatre portières étaient maculées de rouille et d'enduit marron.

— Donnez-moi les clés, ai-je commandé. Vous et la petite, filez à l'appartement et n'en bougez pas.

— Vous trouvez que c'est le moment de discuter ? a demandé Haymann en s'installant au volant et en mettant le moteur en route (et Charlotte dans le même instant s'asseyait à l'arrière).

— Jean-Baptiste ! ai-je crié.

— On part sans vous, Eugène, a menacé Haymann.

J'ai capitulé avec un renâclement. Je suis monté à la place du mort. L'Alfa s'est arrachée du trottoir avant même que j'aie fermé la portière. Elle a viré au bout de la rue dans un cri de pneus et nous avons vu un carrefour vide à 20 mètres devant nous, un feu au rouge, et pas de 504. Haymann a dépassé le feu de 3 mètres et nous avons écarquillé les yeux dans toutes les directions, sans résultat.

— Voilà une filature qui commence bien, ai-je observé.

— C'est votre faute, tout le temps à discuter !

— Ça ne fait rien, ai-je dit. On file sur le pont de Neuilly.

— Bien chef.

Haymann a redémarré. Nous avons rabattu sur le boulevard Malesherbes et mis le cap au nord-ouest.

— Dites, Charlotte, ai-je demandé, Renée Mouzon est bien arrivée après vous, dans le bureau de Rose, oui ?

— Non, elle est arrivée avant moi. Elle est arrivée après moi dans la boîte, mais le temps que je finisse de discuter, quand j'ai accédé au grand chef, elle était là en train d'accrocher son imper merdeux.

— Alors voilà, ai-je dit, elle n'est pas venue au bureau ce matin. Elle s'est réveillée avec une terrible gueule de bois, elle se faisait du souci pour Lionel, elle a peut-être passé la matinée à essayer de le joindre...

— Cher Lionel, a interjeté Charlotte d'un ton calme.

— Peut-être même qu'elle est allée le voir à Fontainebleau, peut-être qu'elle l'a vu, il n'est pas détenu, on n'arrête pas les gens parce qu'ils ont reçu du plomb de chasse dans une forêt. Bref, quand elle s'est pointée à la Fondation vers 3 heures et quart, supposons qu'elle voyait son patron pour la première fois de la journée. Elle est dépressive, presque en larmes, son patron lui demande des explications aussitôt après qu'il en a fini avec Charlotte. Bon, elle s'effondre et lui raconte tout, y compris ma visite d'hier. Et ce qui se passe maintenant, Kasper qui rapplique, et on embarque Renée Mouzon dare-dare, tout ça, c'est la réaction.

Par le boulevard de Courcelles et l'avenue des Ternes, nous nous dirigions vers Neuilly à une vitesse excessive. L'Alfa vibrait.

— Ce ne sont que des suppositions, a déclaré Haymann d'un ton livresque.

— Mais non, voyons ! Il est 16 h 30. De 15 h 30 à 16 heures, Rose a eu exactement le temps d'écouter les explications de sa secrétaire et de faire appel à Kasper.

— Hélà ! a dit Charlotte. Vous pensez qu'ils vont la flinguer ?

— Non, a fait Haymann. Compris ! Ils ont la main lourde, mais pas à ce point. Ils vont la mettre hors circuit.

— Au vert, ai-je dit.

Charlotte nous a regardés tous les deux en plissant les paupières, l'air méfiant.

— Oui, d'accord, a-t-elle dit lentement. Ils l'emmènent au vert. Et pourquoi nous filons vers Neuilly, alors, au lieu de filer vers Meaux, vous pouvez me le dire ?

Haymann et moi, nous avons réfléchi quelques

dizaines de secondes à la question. Ensuite, Haymann a freiné avec une horrible brutalité et jeté l'Alfa le long d'un trottoir. A travers le pare-brise, il a désigné une librairie.

— Puisque vous êtes si maligne, a-t-il dit à Charlotte, allez donc nous acheter une carte Michelin.

Charlotte a pouffé de manière insultante et est allée acheter une carte Michelin. Je suis resté silencieux un moment à côté d'Haymann.

— Ah mais la barbe ! ai-je crié ensuite. Je les ai vus qui l'emmenaient, je me suis dit qu'ils allaient passer chez elle à Neuilly prendre une valise, des affaires de toilette, on avait une chance de les retrouver et de les filer, la barbe ! C'était bien pensé, en fait !

— Mais oui, Eugène, a dit Haymann. Personne ne vous critique. (Il a regardé droit devant lui à travers le pare-brise, d'un air mauvais.) Ce qui se passe, a-t-il affirmé, c'est qu'elles sont plus intelligentes que nous. C'est dégueulasse.

Quand Charlotte est revenue avec la carte Michelin « 150 kilomètres autour de Paris », nous avons redémarré, nous avons rejoint le périphérique, puis la banlieue est de Paris, et la direction de Meaux. Nous n'allions guère vite, et il y avait derrière nous un nuage bleu d'huile brûlée. Nous guettions les voitures qui nous dépassaient. D'un côté, j'aurais été soulagé de voir la 504, et Renée Mouzon dedans, j'aurais été soulagé de voir qu'ils n'avaient pas simplement emmené la dame dans un coin tranquille pour y déposer son cadavre. D'un autre côté, je n'aurais pas aimé me retrouver bord à bord avec Cedric Kasper.

Quoi qu'il en soit, la 504 ne nous a pas doublés. Des

ennuis avec le gicleur de ralenti nous ont retardés, et la nuit tombait lorsque nous avons embouqué, au-delà de Meaux, la grand-rue d'un bled d'environ deux cents feux nommé Doutremart. Le lieu était bâti en Y sur la bifurcation d'une départementale, et environ un bâtiment sur deux était une ferme à cour fermée. Autant qu'on puisse en juger dans la nuit tombante, la région était vallonnée et bocagère, avec pas mal d'herbages, mais aussi une terre grasse où l'on faisait du maïs et de la betterave. J'ai baissé ma glace et humé l'air nocturne.

— Fermez, a dit Haymann, ça sent le fumier.

— Ça sent le purin, ai-je corrigé en remontant ma glace. Il y a une différence.

— Je me fous de la différence, a déclaré Haymann d'un ton rogue. J'ai horreur de la campagne, des vaches et des paysans.

Sur une des branches de l'Y, où nous roulions à présent, il y avait moins de fermes et davantage de demeures de week-end plutôt moches. Brusquement l'agglomération a pris fin, Haymann a freiné et s'est arrêté sur le bas-côté. Devant nous, ça montait et la route paraissait s'écarter vers la droite. Sur la gauche, il y avait une colline indistincte dans la nuit, et une espèce de grand bâtiment sur la colline, genre ferme fortifiée, plein de lumières étroites, entre des arbres nombreux, à peut-être 800 ou 1 000 mètres de distance.

— Eh bien, voilà, ai-je dit.

— On part à l'assaut ? a suggéré Haymann avec un ricanement inquiétant.

— On essaie d'abord la douceur. Retournons dans le centre du bled, vous voulez ?

Nous sommes retournés dans le centre du bled. Comme nous longions de nouveau la grand-rue, nous avons été éblouis par des phares puissants, et la 504 nous a croisés en miaulant.

— Salopard, a grogné Haymann.

Il a arrêté l'Alfa le long du trottoir. Charlotte et moi, retournés, nous avons vu les feux arrière de la 504 disparaître en direction de la ferme fortifiée.

— Est-ce que vous avez vu si la femme était à l'intérieur ? ai-je demandé.

— Je pourrais presque le jurer, a dit Charlotte.

— En plus, a dit Haymann, elles ont de bons yeux.

Il y avait à 30 mètres de nous un café-tabac-épicerie éclairé qui semblait être l'unique commerce du lieu. Nous sommes descendus de voiture et nous avons gagné le débit. Il faisait chaud, à l'intérieur. Le sol était carrelé, le zinc était en vrai zinc que les Allemands n'ont pas pris, les murs étaient décorés de photographies en quadrichromie agressive d'équipes de football qui ne l'étaient pas moins. Dans l'arrière-salle, une dizaine de paysans de tous âges (pas de femmes) contemplaient un téléviseur noir et blanc qui diffusait un film grisâtre.

— Qu'est-ce que c'est que ça ? a marmonné Charlotte en penchant le cou.

— C'est Pierre-Richard Wilm, a dit Haymann. Vous êtes trop jeune pour connaître.

— Ah oui, d'accord, c'est le Grand Jeu, a dit Charlotte et Haymann lui a jeté un coup d'œil en coin.

Entre-temps, le tenancier des lieux, un grand garçon gras avec des cheveux frisés, un nez retroussé et un grand tablier sur son vaste ventre, s'était extirpé d'une tablée dans l'arrière-salle et passait derrière le comptoir et nous demandait ce que ça sera. Haymann et la petite ont commandé des grogs et moi un café et si je pouvais téléphoner. Le gros garçon m'a désigné le combiné sur le comptoir et s'est activé au percolateur. J'ai téléphoné.

— Communauté des Skoptsys Réformés, j'écoute. (Même voix suave que l'autre fois.)

— Bonsoir, mademoiselle, ai-je dit. Je téléphone pour me renseigner au sujet d'un séjour.

— Oui, monsieur. Vous avez un numéro d'inscription ?

— Non. J'ai simplement entendu parler de votre institution, on m'en a dit le plus grand bien, et voilà... Il faut s'inscrire à l'avance ?

— Il faut constituer un dossier, monsieur. Il faut vous adresser à notre bureau parisien. (Elle m'a donné une adresse.)

— C'est que c'est embêtant, ai-je dit. J'ai un emploi du temps assez chargé. Je suis chef d'entreprise, voyez-vous ?

— Oui, monsieur. (Elle s'en foutait complètement.)

— Je viens de me dégager quelques jours, d'une manière impromptue, n'est-ce pas, et j'aurais souhaité, euh, faire ce séjour tout de suite, éventuellement dès demain, même ce soir si c'était possible.

— Je suis sincèrement désolée, monsieur (elle mentait, elle s'en foutait de plus en plus), mais il vous faut constituer un dossier. Et d'ailleurs, nous sommes complets en ce moment. Je regrette. La paix soit sur vous, monsieur.

— La paix sur vous aussi, ai-je grogné mais elle

avait déjà raccroché ; j'ai appuyé sur la fourche avec mon doigt et demandé un autre numéro, mais ça n'a pas répondu : Coccioli n'était pas chez lui.

J'ai rejoint Charlotte et Haymann qui étaient attablés devant des assiettes de charcuterie et des morceaux de pain de deux livres.

— Ça va comme vous voulez ? a demandé Haymann.

Je n'ai pas répondu. Je me suis assis avec eux et je me suis mis à manger machinalement du pain, à grosses bouchées. J'ai sorti un crayon à bille, j'ai pris la serviette en papier de Charlotte et j'ai griffonné une espèce d'organigramme qui donnait à peu près ceci :

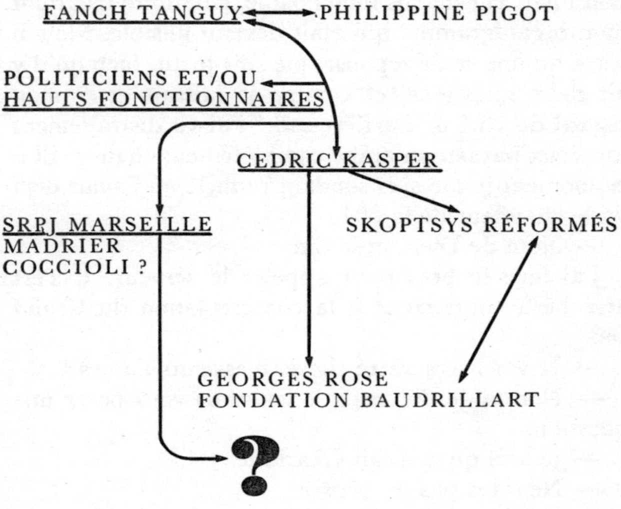

J'aurais pu rajouter quelques noms, Renée Mouzon, Marthe Pigot, Charles Pradier, etc., et un nombre encore plus considérable de flèches indiquant des rapports, mais ça n'aurait pas rendu l'organigramme plus clair, et déjà il ne l'était pas du tout. La seule chose un peu intéressante était le gros point d'interrogation en bas.

Qu'est-ce que la section financière du SRPJ de Marseille a bien pu découvrir ? ai-je écrit sous le point d'interrogation, et je suis allé à la ligne, j'ai suçoté mon stylo-bille et j'ai écrit, *Qu'est-ce qu'ils foutent, tous ces gens ?* et j'ai rajouté trois flèches qui reliaient Tanguy, la Fondation Baudrillart et les Skoptsys au gros point d'interrogation final. Par-dessus mon épaule, Charlotte regardait mon organigramme qui était devenu illisible. Mais il n'y a qu'une seule réponse, me suis-je dit, bien qu'il y ait deux questions, et comme je laissais errer mon regard du côté de l'arrière-salle, j'ai vu distraitement un vieux paysan au crâne complètement chauve. Et à ce moment je me suis soudain rappelé où j'avais déjà vu le chauffeur de la 504.

— Nom de Dieu, ai-je dit.

J'ai levé le bras pour appeler le serveur. Il s'est arraché à contrecœur à la contemplation du Grand Jeu.

— Je vous sers autre chose, messieurs-dames ?

— Non, ai-je dit, mais je voudrais vous poser une question.

— Je sais quoi, a fait Charlotte.

— Ne dites pas de bêtises.

— Je vous parie dix mille balles !

— C'est une blague, ou quoi ? a demandé le serveur.

— Non, je veux vraiment vous poser une question...

— Oui, a dit paisiblement Charlotte. A part le purin, est-ce qu'il n'y a pas, dans ce charmant village, quelque chose qui pue ?

XIII

— C'est bon, c'est parfait, c'est très bien, a rugi Haymann sur la banquette arrière. Ne m'expliquez rien, mais que cette pécore cesse de glousser, c'est exaspérant !

Nous roulions vers Paris dans la nuit. J'avais pris le volant. Le fait est que Charlotte, assise à côté de moi, gloussait d'une façon énervante.

— Je glousse, a-t-elle dit, parce que la tête que fait Tarpon m'amuse beaucoup.

— Je ne fais aucune tête.

— Oh si ! Vous êtes colère, très colère. Cher Eugène, il n'y a pas que vous qui soyez capable de deviner des choses.

— Deviner ! ai-je répété avec fureur.

— Ce n'était pas très compliqué de toute façon. Je vous réclamerai même pas mes dix mille balles.

— Oh si ! ai-je dit. Je vous les donnerai !

— Mais non. Vous n'avez pas tenu le pari.

— Vous avez fini de faire les clowns ? a demandé Haymann. De quoi parlez-vous ?

— Nous parlons de la question à dix mille balles, a

dit Charlotte. La question à dix mille balles est, « Qu'est-ce qui pue ? »

— C'est ça, ai-je dit. Faites l'intéressante.

— Et la réponse... la réponse n'est pas du tout « c'est le bouc », contrairement à ce que des générations de potaches chahuteurs ont affirmé à des générations de pions barbus. La réponse est : les Skoptsys Réformés. Ce sont les Skoptsys Réformés qui puent. Ou, pour reprendre les termes de l'aimable barman rustique, « toute cette bande de Parisiens et de bonzes, là-haut derrière ».

— J'en ai marre, je vais descendre de cette voiture, a affirmé Haymann.

— Encens, brûle-parfum, bûchers aromatiques, sauna, bains sulfureux, a dit Charlotte. Indubitablement, la Communauté des Skoptsys Réformés schlingue comme il n'est pas permis. Ajoutons l'acétone, l'anhydride acétique, l'acide chlorhydrique et l'acide tartrique, et nous nous trouvons en présence d'un cas de pollution caractérisée. Je serais curieuse de voir leur note d'eau, mais bien sûr avec tous ces bains, c'est parfaitement camouflé. (Elle s'est retournée vers la banquette arrière.) Cher Haymann, a-t-elle dit, les produits dont je parle permettent, selon un processus ardu et dangereux, de transformer la morphine-base en héroïne.

Nous sortions de Meaux. J'ai actionné les essuie-glaces car il se mettait à pleuvoir. J'ai constaté que les balais d'essuie-glaces étaient mangés aux mites et n'essuyaient pas grand-chose.

— Tiens donc, a dit Haymann d'un ton rêveur au

bout d'un assez long moment. Vous êtes drôlement ferrée en chimie.

— J'ai une licence. Remarquez bien, cher Haymann, que le grand détective Eugène Tarpon et moi-même marchons en ce moment à côté de nos pompes. A plusieurs kilomètres de nos pompes. Car les seuls éléments qui ont guidé notre fulgurante intuition, c'est primo que cette affaire a des racines à Marseille, des racines sur quoi Madrier est tombé, paix à ses cendres. Et secundo, une communauté pseudo-religieuse a la possibilité de dégager une grosse masse de vapeurs méphitiques sans effrayer les rustiques. Mais peut-être bien que les Skoptsys Réformés puent seulement l'encens. Pourquoi ricanez-vous, Tarpon ? Vous savez très bien qu'il y a une chance sur deux pour que nous soyons en train de nous gourrer.

— Vous avez réellement raisonné sur les deux éléments que vous dites et sur rien d'autre ? ai-je demandé.

— Vous devriez rouler un peu moins vite, on ne voit que dalle, a observé Charlotte. Est-ce que quelque chose manque à ma logique ?

— Rien que vous étiez censée savoir. Voyez-vous, ai-je dit, avant que cet effroyable merdier me tombe sur la tête, j'étais sur une petite affaire ordinaire, un pharmacien qui soupçonne ses employés de taper dans la caisse.

Je leur ai raconté les problèmes de M. Jude, et comment j'avais filé jusqu'à Dieppe le dénommé Albert Pérez, et comment il avait gagné de très grosses sommes au chemin de fer, contre un Amerloque.

— Bien entendu, j'en ai conclu que c'était Albert Pérez qui tapait dans la caisse de Jude. J'ai tenu pour négligeable le fait qu'il gagnait ce soir-là. J'ai supposé instinctivement qu'il perdait les autres soirs. J'ai supposé qu'il avait juste un coup de chance. Et je me fourrais le doigt dans l'œil. Voyez-vous, il y avait deux types à la table qui fauchaient des pacsons à l'Américain. L'un était Albert Pérez et l'autre un type avec une bouteille ronde et le crâne rasé. C'est le chauffeur de la 504.

— Ah, bon Dieu, d'accord ! a fait Haymann.

— Cette fois-ci, c'est moi qui rame, a dit Charlotte.

— Ces types ne sont pas des joueurs. Ils lavent de l'argent.

— Je rame toujours.

— On n'a pas besoin d'expliquer au fisc, ou aux flics ou à quiconque, l'origine des sommes gagnées au jeu, puisque précisément elles ont été gagnées devant témoins. L'Américain de Dieppe perdait volontairement contre Pérez et le chauffeur. Il n'était pas en train de jouer avec eux. Il leur payait une très grosse somme.

Charlotte a ruminé ça. Moi aussi. Quelque chose me turlupinait, et elle m'a de nouveau coiffé au poteau.

— Dites ! s'est-elle exclamée. C'est ahurissant.

— Qu'est-ce qui est ahurissant ?

— Eh bien, mais vous êtes sur cette histoire de Skoptsys bidon, et alors voilà qu'ils font de la drogue et qu'ils ont des gens qui encaissent du fric pour eux dans des cercles et des trucs comme ça ; et comme par hasard, quelques jours avant que le merdier commence, vous étiez tombé sur un de leurs encaisseurs ? Vous avouerez que c'est ahurissant.

— C'est ahurissant. Ou alors, ai-je dit, ce n'est pas par hasard.

Nous avons regagné Paris vers 22 heures. A 22 h 15, nous étions garés près de l'appartement du copain Jules, et nous montions l'escalier. A 22 h 17, j'ai téléphoné au domicile de ce bon M. Jude. Je ne pensais pas que j'obtiendrais ce que je voulais, vu qu'aux yeux de Jude, honnête pharmacien, je n'étais plus qu'un gibier de potence traqué par les forces de police.

— Mais où est-ce que vous étiez passé? s'est exclamé M. Jude. J'ai téléphoné au moins dix fois chez vous, ça ne répond jamais.

— Vous ne lisez pas les journaux?

— *L'Équipe*. Pourquoi?

— Pour rien. Ne vous inquiétez pas, mon enquête est en bonne voie. Je voulais vous demander si vous avez fait quoi que ce soit depuis dimanche, si par hasard vous n'avez pas fait appel à la police, ou parlé à Albert Pérez.

— Ah ben j'aurais bien dû! a crié Jude. Vous savez que ce petit salaud a foutu le camp?

— Oui, bien sûr, ai-je affirmé mensongèrement et par réflexe, parce que M. Jude était mon client. Je n'avais aucun autre client, et j'avais une facture d'environ trois mille francs à lui présenter, si toute cette histoire voulait bien se tasser un peu, et c'était le seul revenu que j'avais en vue. — Oui, bien sûr, ai-je répété, mais ne vous inquiétez pas, ce n'est pas lui qui vous vole.

— Pas lui qui me vole?

— Il n'en a pas besoin. Je n'ai pas le temps de vous

expliquer, mais je suis certain de ça. Comment savez-vous qu'il a fichu le camp !

— Comment ? Mais, euh, il n'est pas venu à son travail lundi après-midi, alors j'ai essayé de l'avoir au téléphone mais ça ne répondait pas, et hier je suis allé chez lui, il n'y a personne et les volets sont fermés. Il a foutu le camp, c'est clair.

— Eh bien, je vous remercie. Ne vous inquiétez pas, ai-je commandé pour la troisième ou quatrième fois. Vous aurez des résultats dans quelques jours. Je vous tiendrai au courant.

— Ah mais, hé ! ho ! a crié M. Jude et j'ai coupé la communication.

Haymann et Charlotte étaient absorbés dans une partie d'échecs chinois. Un moment je les ai observés. Toutes les pièces étaient des jetons de forme identique. Seuls différaient les idéogrammes peints dessus. Je ne comprenais pas les idéogrammes et je ne comprenais rien à la position. Les deux joueurs ne m'ont pas vu me glisser hors du salon, et ils ne m'ont pas entendu sortir de l'appartement.

Rue Championnet, j'ai garé l'Alfa sur un passage clouté. Je suis monté chez Albert Pérez. Il n'y avait pas de liste des locataires dans le hall, mais je détenais l'adresse exacte du laborantin, y compris le numéro de sa porte, sous les combles, au sommet de l'immeuble qui était bourgeois et assez bien entretenu.

Devant la porte, j'ai ôté la sûreté du pistolet tchèque. Au moment de frapper, j'ai vu qu'il y avait un espace de deux ou trois centimètres entre le chambranle et le battant. J'ai repoussé la porte avec la pointe de mon pied.

Le logement était une chambre de bonne avec un évier dans un coin et un réchaud au pied d'un mur. En fait de mobilier, il n'y avait place que pour une armoire, deux chaises et un grand lit. La pièce était en désordre, des chaussettes et des chemises sales traînaient sur le plancher et il y avait deux cravates accrochées à la poignée de la fenêtre, dont les volets étaient fermés. Ce n'était pas le genre de désordre que provoque une fouille.

Au-dessus du lit, il y avait une grande affiche plastifiée représentant Ursula Andress toute nue. Au pied d'Ursula Andress, Albert Pérez était assis sur le lit le dos au mur, à côté d'une lampe de chevet allumée avec un abat-jour rouge. Il avait des trous noirs dans la poitrine et un paquet de caillots sur l'estomac. Il était mort depuis quelque temps car il commençait à sentir et il y avait plusieurs mouches dans la pièce, bien qu'on fût en plein mois de novembre.

J'ai sommairement fouillé le logement en faisant attention de ne pas laisser l'empreinte de mes doigts. J'ai trouvé sur le plancher deux douilles vides percutées sur lesquelles on lisait SUPER-X et 45 AUTO. Dans l'armoire, des vêtements, et 1 500 francs en billets de 100 dans une boîte en carton, avec quelques papiers comme nous en avons tous, des vieilles lettres d'amour, la photo d'un couple âgé sur le perron, un livret militaire. J'ai empoché l'argent. Je suis parti.

Quand je suis revenu à l'appartement du copain Jules, Charlotte et Haymann jouaient toujours aux échecs chinois. Je n'ai pas l'impression qu'ils avaient même remarqué mon absence. J'ai pris l'annuaire du téléphone par rues, j'ai trouvé la liste des abonnés du square Saint-Lambert et je l'ai épluchée. J'ai trouvé l'adresse que je cherchais.

— Mat, a annoncé Charlotte.

— Sale petite vache, a répondu Haymann.

J'ai regardé l'échiquier. Je ne comprenais toujours pas la position. Haymann a levé la tête vers moi.

— Je crois que ça y est, a-t-il dit. Je veux lui prendre son canon avec mon éléphant, ou bien son char avec mon lettré, mais je ne peux pas lui prendre les deux en même temps. Vous êtes tout pâle, Tarpon, ça ne va pas ?

— Un peu de fatigue, ai-je dit et j'ai pointé mon doigt sur l'échiquier : mais si vous prenez ce truc-ci avec ce truc-là, ai-je ajouté, vous êtes couvert, non ?

— Non. Parce que le canon donne échec par-dessus le lettré. C'est le contraire de l'échec à la découverte, Tarpon. C'est en interposant un truc devant qu'on donne échec avec le canon.

— Oui, ai-je dit. Comme il a fait avec moi, l'officier de police Coccioli.

— Où allez-vous ? a demandé Charlotte mais j'étais déjà sur le palier.

Square Saint-Lambert, je suis resté un bon moment dans l'Alfa en stationnement, à examiner l'entrée de l'immeuble de Coccioli, et tout le voisinage. Il semblait que le policier n'était plus filé car je n'ai vu personne. Je suis entré dans l'immeuble. Le nom de Coccioli était encarté dans un petit bidule de plastique, au-dessus d'un bouton de sonnette au rez-de-chaussée. J'ai appuyé sur le bouton avec énergie.

Coccioli m'a ouvert. Il était en bras de chemise, les manches roulées sur ses biceps glabres, la cravate desserrée, pas très bien peigné.

— Vous tombez bien, a-t-il dit.

Je l'ai repoussé du plat de la main et je suis entré dans l'appartement. J'ai refermé la porte d'un coup de talon.

— Allons, allons, Tarpon, a dit Coccioli. Ne nous énervons pas.

Je l'ai saisi par la cravate, je l'ai cogné contre le mur sans lâcher la cravate, et puis je l'ai projeté dans l'autre sens contre l'autre mur. L'arrière de sa tête a tapé dans le plâtre avec un bruit creux et Coccioli est tombé au pied du mur en grimaçant et il est resté assis là à se masser la tête. J'ai sorti le 7,62 de ma poche et je l'ai armé.

— Vous allez me parler d'Albert Pérez, ai-je commandé. Et vous allez me parler du reste. Ou bien je vous flingue immédiatement. Je n'ai plus grand-chose à perdre.

— Mais non, a dit Coccioli d'un ton patelin. Vous n'allez pas me tirer dessus.

— Nom de Dieu! ai-je hurlé. (Ce n'est pas que je perdais la maîtrise de mes nerfs, c'est que de temps en temps ça fait du bien.)

— Ça suffit, a dit Coccioli d'un air moins patelin. Calmez-vous. Albert Pérez était mon indicateur, si vous voulez savoir. Il est chez lui, rue Championnet et il est mort, je suppose que vous le savez. Ils l'ont probablement abattu dimanche ou lundi matin. Posez votre arme par terre.

— Oui, Tarpon, posez-la par terre, a conseillé le commissaire Chauffard qui avait ouvert dans mon dos la porte du salon et qui pointait sur moi un revolver S & W Terrier.

XIV

Normalement il faut prendre au sérieux les gens qui braquent une arme à feu sur vous. Mais là, j'ai ricané, parce que j'étais tout de même un peu énervé, il faut croire ; et de la main gauche j'ai arraché le Terrier à Chauffard et de la droite je lui ai donné un coup dans la figure avec le côté du 7,65.

— Tarpon, enfin, quoi, bon sang, tout de même, a dit Coccioli pendant que Chauffard titubait à reculons dans le salon et finalement tombait sur les fesses en grognant ; il a porté les doigts à son visage sur quoi coulait un peu de sang.

Je suis entré dans le salon à la suite de Chauffard. Je tenais l'automatique de façon normale et le Terrier par le canon. J'avais la lèvre inférieure qui tremblait et une contraction spasmodique de la paupière gauche. Chauffard restait assis sur le tapis et reniflait d'un air mécontent dans sa moustache en brosse. Il y avait dans la pièce un troisième type en bras de chemise, un quadragénaire plutôt petit, avec un torse très long et large et des jambes trop courtes, un visage poupin et des cheveux gris bouclés comme de la paille de fer. A l'épaule droite, il avait un holster vide, et dans la main gauche un Terrier identique à celui que je tenais par le canon. Il ne me braquait pas. J'ai marché sur lui. Il a posé son revolver sur la table et il s'est assis sur une chaise. J'ai eu envie de lui taper à coups de flingue sur la tête, mais il me regardait d'un œil paisible et vaguement navré. Sur la table il y avait une soupière en faïence posée sur un plat de faïence. J'ai jeté mes deux armes par terre. J'ai saisi la soupière qui était vide et poussiéreuse et je l'ai abattue sur le plat. Tout s'est brisé en grands morceaux.

— Ah non, merde, mon Moustiers ! a gémi Coccioli en entrant dans la pièce.

Je me suis retourné vers lui dans l'intention d'exercer de nouvelles violences, mais il s'est aussitôt assis sur une chaise.

— Vous avez fini votre crise de nerfs, ou non ? a demandé l'homme aux cheveux en paille de fer, et Coccioli s'est écrié : Vous êtes dégueulasse, Tarpon, c'est du vieux Moustiers, c'est un souvenir de famille, en plus ça vaut un paquet, vous me décevez.

— Et vous ? ai-je dit assez calmement. Vous ? Vous n'êtes pas un dégueulasse ? Vous n'êtes pas un dégueulasse ? (J'ai levé le bras et pressé deux doigts contre le coin de ma paupière gauche ; la contraction spasmodique a cessé.)

— J'ai agi au mieux, a dit Coccioli. Vous êtes venu semer la vérole dans une affaire que je ne tenais pas très bien en main, une affaire extrêmement délicate. Tous ici nous jouons au minimum notre carrière, et peut-être un peu notre peau.

— Je vous écoute, ai-je dit. Je ne veux pas vous

poser de questions, parce que je risque de me mettre réellement en colère. Je vous écoute seulement.

— Volontiers, a déclaré Coccioli de manière irrationnelle et je me suis assis à la table ; j'ai heurté le genou de l'homme aux cheveux paille de fer ; il m'a adressé un signe de tête narquois.

— Commissaire Grazzelloni. Stups.

— 'chanté.

— Pareillement.

— Pas de quoi ! ai-je hurlé.

— Albert Pérez était mon indicateur, a répété Coccioli en posant ses coudes sur la table. Je le tenais depuis à peu près deux ans pour une petite affaire, peu importe, ça n'a pas de rapport. Un drôle de zèbre, Pérez, honnête préparateur en pharmacie le jour, et demi-sel les soirs, le genre d'ahuri qui aime traîner dans les bars de Montmartre et d'ailleurs pour y coudoyer des truands, rendre de petits services, faire amitié avec eux, vous voyez l'oiseau. Faire l'indicateur pour les flics, je ne sais pas si ça ne l'excitait pas encore plus. Drôle de coco. Un cérébral. Paix à son âme et que Dieu l'ait.

Chauffard s'était relevé. Il avait une coupure à la pommette et un peu de sang sourdait encore de sa narine. Il est allé se regarder dans une glace à cadre doré, s'est palpé le nez d'un air mécontent. Puis il est revenu vers nous en me jetant des regards hostiles. Il s'est attablé à son tour, a empoigné un paquet entamé de petites bouteilles de Kronenbourg et, du geste, en a proposé à la ronde. J'ai hoché. Il a décapsulé une bouteille à main nue et me l'a passée. J'ai siroté.

Cependant Coccioli poursuivait sa narration. Voici

quatre ou cinq mois, quelques voyous copains d'Albert Pérez avaient proposé à ce dernier, qui aimait le jeu, de gagner sa vie en jouant, d'aller laver de l'argent ici et là dans des cercles parisiens et des casinos proches, essentiellement en Normandie. Il avait accepté sans même prendre l'avis de Coccioli.

— J'ai fait un petit rapport de principe, a dit l'OP, sans donner ma source, et j'ai suivi l'affaire à mes moments perdus. Je ne savais pas où ça pouvait me mener. Je ne m'attendais pas à ce que ce soit très important, parce que Pérez était un minable. Seulement, au bout de trois mois, il lui était passé quelque chose comme cinquante millions anciens entre les pattes. Et il y avait parfois un autre type qui ramassait en même temps que Pérez. Et il y avait peut-être d'autres mecs qui ramassaient parallèlement, dans d'autres cercles. Mettons cinq ou six types. Multipliez cinquante briques par cinq ou six, ça n'est plus une petite affaire. Plus du tout.

— Ce sont des Américains qui le payaient ?

— Des Américains surtout. Des Allemands, aussi. Et des Italiens une ou deux fois.

— Vous êtes remontés à la source du fric ?

— J'ai fait des rapports, a dit Coccioli d'un air désabusé.

— Et Pérez, ai-je demandé, qu'est-ce qu'il en faisait du blé ?

— Il le déposait tous les lundis matin dans un bistrot, du côté de Saint-Augustin. Pour remonter plus haut, ça n'a pas été du gâteau. Je ne voulais pas questionner le mec du bistrot, parce que je ne savais pas s'il gardait la valise pour quelqu'un, ou bien s'il était lui-même le chaînon suivant. J'aurais pu demander qu'on couvre vraiment le troquet, avec une douzaine de flics différents, mais enfin, c'était mon affaire, j'avais envie de la pousser aussi loin que possible tout seul, comme un grand.

— Tout de même, ai-je dit.

— Tout de même rien, a tranché Chauffard. C'est une chance que Coccioli ait continué seul. S'il avait demandé du renfort, on lui aurait enlevé l'affaire, et ça se serait arrêté là.

— Vous exagérez, ai-je dit.

— Non, a nettement fait Coccioli. Parce qu'on m'a scié mon coup aussitôt que je suis monté un peu plus haut. Ça m'a pris trois semaines pour repérer le mec qui sortait la valise du rade. Un mec bien, un bourgeois, légion d'honneur et tout, qui venait là prendre son café tous les jours de la semaine, avant de retourner au bureau.

— Fondation Stanislas Baudrillart, ai-je dit.

Coccioli m'a jeté un coup d'œil.

— Voilà. Le mec était Georges Rose. C'est le patron de la boîte.

— Je sais.

Coccioli a décapsulé une bière avec un ouvre-bouteille.

— Arrivé à ce niveau, ça dépassait mes possibilités. J'ai fait un autre rapport, mais très incisif, celui-là, si vous voyez ce que je veux dire.

J'ai hoché. Je voyais. « Très incisif », dans l'esprit de Coccioli, ça devait vouloir dire qu'il y avait plusieurs points d'exclamation.

— Quarante-huit heures plus tard, a dit l'OP, le

commissaire Madrier m'est tombé dessus. Il avait eu mon rapport, ce qui n'est pas normal, ça n'aurait pas dû aboutir à lui, du moins pas si vite. Il m'a dit de laisser tomber.

— Comme ça ?

— Oh, il m'a raconté une histoire qui se tenait, comme quoi j'empiétais, parce qu'il avait déjà la Fondation Baudrillart sous surveillance, lui personnellement, mais c'était une affaire qui avait des tas de ramifications qui m'échappaient, et donc le mieux que j'avais à faire était de lui foutre la paix et de le laisser mener son enquête tranquille, à son rythme, etc., etc.

Coccioli a soupiré, empoigné sa bière et bu d'un coup les trois quarts de la petite bouteille. Le cul de la bouteille a claqué sur la table quand son bras est retombé. De la mousse s'est formée qui a monté presque jusqu'au goulot.

— Et incidemment, ai-je dit, Madrier a voulu connaître votre source.

— C'est ça, incidemment. J'ai refusé.

— Il a dû être content.

— Il a eu l'air de prendre ça très bien. Vous savez, refuser de se refiler les indics, même entre amis, ce n'est pas considéré comme impoli.

— Impoli, ai-je répété. Voilà un mot qui me plaît, dans le contexte. Et ensuite ? C'est là que je surgis sur mes petites pattes, non ?

— Pas tout à fait encore. D'abord, Philippine Pigot a disparu.

— Hé, ho ! ai-je fait.

— Si ! Sur la tête de ma mère, du pur hasard ! Marthe Pigot avait une sœur en province qui connaît bien ma propre tante. Bien entendu, j'ignorais l'existence de cette sœur, et de Marthe Pigot, et de Philippine. Mais si nos lascars ont une grosse organisation, et ils en ont une, pour brasser de telles masses de pognon, eh bien ils ont pu passer au crible tous leurs employés, constituer des dossiers, etc. Il y avait un lien, indirect, entre Philippine Pigot et moi. Ils ont su par Madrier que j'avais une source chez eux. Adieu Philippine. Je suppose qu'on retrouvera son cadavre un de ces jours.

Ç'a été mon tour d'empoigner ma petite bouteille de bière. J'ai fait cul sec et j'ai poussé un gros soupir à bouche ouverte, et essuyé la moustache de mousse que je m'étais faite. D'un mouvement automatique, Chauffard a décapsulé une autre Kronenbourg et l'a posée devant moi.

— Merci, ai-je dit à Chauffard ; et à Coccioli : mais alors, mais Fanch Tanguy, tout ce merdier ?

Coccioli a haussé les épaules.

— Le plus probable, a dit Grazzelloni (Il avait une voix très calme et chaude, très bien timbrée, qui n'allait pas du tout avec son physique.), le plus probable est que ça n'a aucun rapport. Fanch Tanguy était un gestapo française, il s'est fait buter par le maquis en 44. La mère Pigot, pour une raison ou une autre, s'est imaginé qu'il était vivant quelque part, et que c'était lui qui avait embarqué Philippine. C'était seulement une idée qu'elle avait. Fausse piste, Tarpon.

— Marthe Pigot, ai-je dit, s'est fait abattre parce qu'elle avait parlé de Fanch Tanguy.

— Elle s'est fait abattre parce qu'elle était la mère

de Philippine et qu'elle risquait de savoir trop de choses sur la Fondation Baudrillart. C'est tout.

— Mettons, ai-je dit. (Je me suis retourné vers Coccioli.) La suite ! Je sens que la suite va me plaire encore davantage.

— La suite, c'est qu'au milieu de toute cette salade, vous vous êtes mis à filer Albert Pérez. Non seulement il vous a repéré, mais un de ses collègues, je veux dire un autre ramasseur de blé, aussi.

— Dites que je suis maladroit, pendant que vous y êtes.

— On ne peut pas faire une filature sur route quand on est tout seul, a déclaré Chauffard d'un ton définitif. C'est complètement con d'essayer.

— Vous le filiez pour son patron, je suppose ? a dit Coccioli. Il y a une fille qui tape dans la caisse, à la pharmacie. Pérez m'en avait touché deux mots, Huguette quelque chose...

— Ah bon, ai-je dit. Ah oui. Je vois.

— Bref, a fait Coccioli, c'était emmerdant. Et en même temps, j'avais la mère Pigot qui me tannait. Ça m'a donné une idée, tout d'un coup.

— Espèce de fumier, ai-je observé.

— Je voulais continuer sur cette affaire, avec discrétion. Et tout d'un coup, je me suis dit, mais peut-être qu'il ne faut pas être discret ! Peut-être que c'est bien mieux d'envoyer un mec musique en tête et baïonnette au canon, un mec qui leur foute les jetons, à tous ces malfaisants. Moi, forcément, je devais rester à couvert. Mais si je vous branchais sur le coup...

— Superbe, ai-je dit. Magnifique. Par accident je prends en filature deux encaisseurs d'un gros gang. Je n'en sais rien. Le même gros gang vient de faire disparaître une nénette, et sans doute de la dessouder, et vous me branchez directement sur la disparition de la nénette, et je ne suis toujours au courant de rien. Vous savez ce que j'aurais fait à leur place ?

— Ben...

— Je me serais abattu, ai-je bredouillé. J'aurais abattu Eugène Tarpon, tout de suite, très vite, je n'aurais même pas attendu le temps qu'ils ont attendu. (La contraction spasmodique est soudain revenue à ma paupière gauche ; je me suis levé en renversant ma chaise.) Nom de Dieu ! ai-je fait à voix presque basse. Essayez seulement de me dire en face que ça ne vous est pas venu à l'idée.

— Mais, euh, bien entendu, a dit Coccioli, il y avait un risque, je vous ai fait prendre un risque, je comprends bien que vous soyez en colère.

J'ai marché à travers le salon. Il y avait quantité de vaisselle de vieux Moustiers dans un buffet vitré.

— Petit con malfaisant, ai-je dit, ce n'est pas le risque qui me gêne. Est-ce que vous comprenez ça ?

Je n'ai pas fait le détail. J'ai saisi le buffet et je l'ai fait basculer en avant. Coccioli a poussé une exclamation aiguë. Le buffet est tombé sur le coin de la table. J'ai plaisir à dire que le buffet et la table se sont brisés. Le coin de la table s'est cassé net, un flanc du buffet a craqué, toutes les vitres ont dégringolé dans une averse de vaisselle ; assiettes, plats, tasses, soucoupes, théières, bols, saucières et moutardiers se sont fracassés sur le sol dans un vacarme considérable.

— Mais vous êtes fou, Tarpon ! Mais faites quelque chose! a crié Coccioli aux deux autres qui n'avaient pas bougé.

— Ma foi, le mal est fait, a dit Chauffard.

— Dans ce genre d'affaire, mon pauvre Coccioli, a dit Grazzelloni, vous savez bien qu'il y a toujours quelques pots cassés.

Je suis revenu m'asseoir à ce qui restait de la table. J'ai croisé le regard de Chauffard et il m'a semblé qu'il était un peu amusé et un peu approbateur, même.

— Ça va mieux, ai-je observé.

— Vous venez de faire quelque chose comme huit cent mille balles de dégâts, a déclaré Coccioli d'un ton venimeux.

— Coccioli, a dit Grazzelloni, ne soyez pas sordide.

— Qu'est-ce que c'est, ici? ai-je demandé en regardant alternativement les deux commissaires. Une réunion de flics honnêtes? Vous n'êtes que trois, ai-je observé.

— Vous avez gagné le droit de persifler. (Grazzelloni a soupiré.)

— Le droit de persifler n'a pas besoin d'être gagné, ai-je répliqué d'un air radical. Mais ce n'était pas pour persifler. Vous n'êtes que trois; est-ce que vous pourriez être quinze ou vingt?

— Si c'est seulement pour se réunir...

— C'est pour sortir de votre juridiction et perquisitionner sans mandat. C'est pour foutre en l'air cette mafia de merde! C'est pour leur massacrer leur laboratoire et ramasser cinq ou six salopards, ou peut-être douze ou je ne sais pas combien, et leur faire cracher des témoignages à coups de pompe dans le cul, et tout bousiller, là, voilà ! (J'ai repris haleine.) Ça vous plaît ? ai-je demandé.

— Vous savez où est leur labo ?

— Vous aurez quinze ou vingt types, oui ou merde ?

— Quinze, on devrait y arriver, a dit Chauffard.

— Et puis, ai-je dit, il va falloir m'obéir un peu, parce que ça n'est pas gagné.

Je leur ai exposé mes vues. Ils n'avaient jamais entendu parler de la Communauté des Skoptsys Réformés et ils ont été bien intéressés. Toutefois, après six ou sept phrases, ils ont commencé de pousser les hauts cris et m'interrompre, et proclamer le danger et l'inutilité de mes projets. A leur avis, il suffisait à présent de faire une descente chez les Skoptsys.

— Ah oui, bravo, ai-je dit. Demandez une commission rogatoire, pendant que vous y êtes !

— Non, tout de même pas, parce qu'ils ont des oreilles dans la maison.

— Et si vous leur tombez dessus sans mandat et s'ils ont déménagé leur labo, vous aurez l'air de quoi ? Et il arrivera quoi à votre précieuse carrière ? Et eux, ils seront peinards combien de temps, après ?

— Ce n'est pas faux, a dit Chauffard.

Je l'ai regardé. Des trois, c'était celui qui m'inspirait le moins de méfiance. Coccioli était une planche pourrie, soucieux surtout de se retrouver du côté du manche, si je peux me permettre des métaphores incohérentes. Et Grazzelloni avait en lui un quelque chose de trop civilisé, trop poli, presque mondain. C'était un homme qui aimait arrondir les angles et faire la part des choses. Mais Chauffard, avec sa rondeur, sa moustache en brosse, sa pipe et son vocabulaire restreint, Chauffard était un paysan ; comme moi. Il y a longtemps, j'ai pensé très sincèrement qu'il est bien d'être un flic, pour promouvoir la justice et la paix, par l'éradication des malfaisants. A voir Chauffard, je me rappelais que j'avais pensé cela jadis.

— Moi, a dit Chauffard, je marche avec vous.

— Merci.

— Il n'y a pas de quoi.

— Ce que je vais vous demander pour commencer, ai-je dit, c'est de me prêter main-forte pour un cambriolage.

XV

Et nous avons eu une nuit fastidieuse et bien remplie.

Tout d'abord, dans la 404 fatiguée de Chauffard, nous nous sommes transportés avenue Émile Deschanel, à l'adresse que m'avait communiquée la suave téléphoniste des Skoptsys Réformés, et nous avons cambriolé le bureau parisien de la secte. Coccioli suait de peur.

Il y avait un salon d'attente avec des revues et des reproductions de tableaux de Füssli, et puis deux bureaux, l'un qui manifestement servait à recevoir les visiteurs, l'autre qui était submergé d'armoires de classement. Il y avait partout des brochures sur le yoga, le sauna, la santé par les plantes et le vrai message de Sri Dugashvilli ou autre guignol. Et il y avait les dossiers des clients. Il y avait une chemise marquée CANDIDATS REFUSÉS, dans laquelle nous avons trouvé les fiches d'information remplies par un médecin, deux ingénieurs chimistes, d'autres encore. Les autres, on ne voyait pas immédiatement pourquoi leur candidature avait été rejetée ; mais les chimistes, oui, et le médecin aussi.

Et il y avait une chemise, plus grosse, avec les fiches d'information remplies par les candidats admis. Les fiches étaient très complètes, non seulement le nom, les prénoms, adresse, date de naissance, etc., mais aussi le curriculum vitae et autre cursus honoris, et puis taille, poids, couleur des cheveux, des yeux, c'est tout juste si les empreintes digitales n'y figuraient pas. Il y avait une grande case en haut à droite avec une mention manuscrite : *Entrée le 16-11,* ou bien *Entrée le 18-11, Entrée le 19-11,* etc. Nous étions le 17 novembre et c'étaient les entrées de la semaine, passées et à venir. J'ai feuilleté pour trouver une entrée qui tomberait le lendemain — en fait aujourd'hui même car il était une heure du matin.

— Vous êtes marron, a dit Grazzelloni par-dessus mon épaule. Il n'y a que des couples.

— Eh bien, Bon Dieu, ai-je dit, j'emmènerai une femme et je sais qui.

— Vous savez que si vous tombez sur ce Kasper, ou n'importe qui, si vous êtes reconnu, ce sera très dangereux pour vous. Et vous parlez d'emmener une femme ?

— Foutez-moi la paix, ai-je murmuré.

J'étais très encoléré. Je ne sais pas contre qui.

Après un moment, nous avons tout rangé très soigneusement et nous avons quitté le local sans laisser de trace de notre passage. Notre choix s'était porté sur les seuls entrants de la journée suivante. C'était un couple de Versailles. Nous sommes arrivés chez eux vers 2 h 30 du matin.

Il a fallu sonner longtemps pour qu'ils se réveillent, et puis il a fallu parlementer à travers la porte, et

Chauffard a dû glisser sa carte de police sous le battant pour qu'ils nous ouvrent.

Ils avaient fait la foire la veille au soir. Il y avait dans leur salon une multitude de cendriers qu'ils n'avaient pas vidés, de verres sales qu'ils n'avaient pas rangés, de disques empilés qu'ils n'avaient pas remis dans leurs pochettes. La table du salon était couverte d'une nappe qui était couverte de miettes, de cendres, de taches de vin et de ronds de verres. Ils avaient plus de 10 grammes d'alcool dans le sang, peut-être beaucoup plus, de sorte que le premier problème à quoi nous nous sommes heurtés a été un problème de compréhension pure.

Le second problème a été d'ordre financier. Ils avaient versé deux mille francs à la Communauté des Skoptsys Réformés, à titre d'avance sur leur séjour. Les policiers qui étaient avec moi n'avaient que très peu d'argent sur eux. Pour aplanir les choses, j'ai dû donner les 1 500 francs que j'avais pris dans le logement d'Albert Pérez, et encore 500 francs qui étaient une partie du butin que j'avais récolté en dévalisant d'abord Kasper, puis l'homme en bannière.

Mais auparavant, nous nous étions heurtés à un problème plus grave et qui aurait pu être insoluble. Nos oiseaux avaient hésité à collaborer avec la police. Ils auraient pu s'y refuser totalement. C'est un comportement qui se rencontre de plus en plus aisément dans les diverses couches de la société. Les diverses couches, je ne peux pas les blâmer. Pour ce qui est de nos oiseaux — Mme et M. Jacques Blondeau, pour être précis — ils avaient heureusement des opinions d'extrême droite, et leur hésitation était de la variété la plus vulgaire et la plus réactionnaire, comme en témoignait la présence, au coin de leur table, de l'hebdomadaire *Minute*, qui est vulgaire et réactionnaire. Un moment, les tractations entre mes compagnons et le couple Blondeau ont semblé se trouver dans l'impasse. Mais alors j'ai précisément saisi l'organe petit et malpropre (il y avait du vin dessus) de Brigneau (c'est-à-dire *Minute*). J'ai affirmé que j'étais heureux de rencontrer un couple à qui l'organe de Brigneau donnait du plaisir. J'ai prétendu qu'il en était de même pour moi. En parlant, je brandissais le petit organe froissé de Brigneau pour donner plus de force à mes paroles. J'ai ainsi établi un climat de confiance. J'ai laissé entendre que la mission secrète dont mes compagnons et moi-même étions investis avait des connotations politiques dont on ne saurait que se réjouir lorsqu'on était homme à se réjouir du contenu de l'organe de Brigneau. Chauffard, entrant dans mon jeu, s'est mis à m'appeler « mon Colonel ». Finalement, lorsque j'ai reposé sur le coin de la table le petit organe triste, malpropre et froissé de Brigneau, et lorsque nous avons quitté la maison du couple Blondeau, j'avais dans ma poche deux petits porte-cartes en moleskine que m'avait remis M. Blondeau, et qui contenaient divers prospectus sur la Communauté des Skoptsys Réformés ainsi que deux cartes d'entrée au nom de M. et Mme Blondeau, et deux badges. Et nous avions l'assurance que le couple Blondeau se tairait sur notre entreprise.

— Vous croyez vraiment qu'ils se tairont ? m'a demandé Chauffard en prenant la route de Paris.

— Ils vont en discuter un moment entre eux, ai-je dit. Puis ils vont aller dormir. Admettons qu'ils parlent à quelqu'un, en fin de compte, ce ne sera pas avant demain, milieu ou fin de journée. Au pire, c'est à des amis qu'ils en parleront, mais pas encore à un avocat ou à la police, et encore moins aux Skoptsys Réformés. Le temps que ça remonte, on peut espérer que tout sera fini. Il faudrait que vous soyez en place dans douze heures de temps, en fait.

— Avec quinze hommes ?

— Avec vingt, ce serait mieux.

— On fera comme on pourra, Tarpon. Pour le moment, nous avons tous besoin de sommeil.

J'étais de son avis. Environ une heure plus tard, lorsque, ayant réglé avec Chauffard les dernières dispositions, je suis rentré chez le copain Jules, j'ai eu envie de m'allonger tout de suite sur la moquette dans l'entrée. Il y avait de la lumière au salon. J'ai franchi la porte de communication. Haymann, assis sur le canapé, se versait un verre de cognac espagnol. Charlotte, à quatre pattes devant l'électrophone, mettait un disque.

— Vous devriez être au lit, ai-je dit. Nous avons une rude journée devant nous.

— C'est ça, a approuvé Charlotte en se relevant. On devrait être au lit à se tourner et se retourner et à se demander ce que vous êtes devenu.

— Femme amoureuse, a marmonné Haymann et Charlotte l'a traité de con.

— Qu'est-ce que c'est encore que ce tintamarre ? ai-je demandé et Charlotte m'a dit que c'était Cecil Taylor.

— Et puis l'autre abruti, a-t-elle ajouté en désignant Haymann d'un grand geste du bras. L'autre abruti qui se tire aussi et qui revient deux heures plus tard soûl comme une vache.

— Il n'y avait plus une goutte à boire dans cette maison, a soupiré Haymann. Nous avions épuisé les réserves du copain Jules. Et à minuit, les épiceries sont fermées. J'ai dû, en conséquence, faire appel à des copains. C'est un Breton, car il est espagnol, a-t-il ajouté de manière totalement incompréhensible en se versant un nouveau petit coup, et il m'a regardé d'un œil lucide (j'étais en train d'enlever la veste de mouton). Le nom du professeur Bachhauffer, a-t-il demandé, Bachhauffer avec deux h, vous dit-il quelque chose ?

J'ai secoué la tête, jeté dans un coin la veste de mouton et ôté mes chaussures sans prendre la peine de défaire les lacets, ce que ma maman me reprochait toujours. J'ai commencé de déboutonner ma chemise.

— Hé là ! a crié Charlotte. Vous n'allez pas vous mettre nu ?

— Melis-Sanz a téléphoné à Toulouse ou quelque chose ? ai-je demandé à Haymann.

— Vous déduisez de mieux en mieux.

— Professeur Bachhauffer avec deux h, ai-je dit. Je suppose que c'est le mec qui se trouvait dans la voiture de Fanch Tanguy, et que les corps-francs ont pris, et qui s'est tiré. Et alors, vous qui savez tout de la collaboration, qui est le professeur Bachhauffer ?

— Aucune idée. (Haymann a haussé les épaules.) Connais pas ce nom.

— Ôtez-vous de mon lit, ai-je commandé à Haymann qui s'est ôté en emportant son verre et j'ai enlevé mon pantalon, je me suis enroulé dans la couverture et je me suis étendu sur le canapé. Trouvez un réveil, ai-je dit, et réglez-le, il faut nous réveiller dans quatre heures de temps. (Et j'ai dû m'endormir au milieu de la phrase parce que je ne me sentais pas reposé mais il faisait jour, il était 10 heures du matin, le matin du jeudi 18 novembre ; et j'ai rejoint Haymann et Charlotte dans la cuisine ; et pendant que nous buvions du café confectionné par Charlotte, je me suis mis à parler comme si j'avais arrêté seulement un instant auparavant ; disant que non, réflexion faite, il n'était pas possible d'emmener Charlotte, c'était bien trop dangereux ; et elle m'a dit d'aller me faire foutre ; et Coccioli est arrivé mal rasé, avec des chargeurs de rechange ; et il m'a fallu un moment pour me réveiller vraiment ; et alors c'était peut-être trop tard pour discuter, nous étions déjà en voiture, en route pour Doutremart et la Communauté des Skoptsys Réformés, en route vers le casse-pipe, la boucherie, la merde.)

XVI

Ensuite, bon, on sait ce qui s'est passé, l'assaut donné dans la nuit du jeudi au vendredi, le sang versé, le labo pris, les arrestations, le réseau démantelé, les retombées et rebonds, et comment Georges Rose, naguère agent électoral, a mouillé le député Mauchemps ; et comment Mauchemps s'est cramponné à son immunité parlementaire de toute la force de ses petits ongles ; et l'on sait que ça n'a pas suffi et qu'il est au trou à présent, encore que son état de santé, ou n'importe quoi d'autre, lui vaille un régime de faveur. Mais mieux vaut, peut-être, que je relate dans l'ordre chronologique.

Charlotte et moi, c'est le jeudi après déjeuner, vers les 15 heures, que nous sommes arrivés à la Communauté des Skoptsys Réformés. La préparation nous avait pris un peu de temps. (« Tu as vraiment l'air d'un flic », me disait Charlotte, « il faut que tu aies l'air d'un cadre abruti. ») J'avais emprunté dans la penderie du copain Jules un complet de velours prune et une chemise à fleurettes, et des demi-bottes avec des talons de 4 ou 5 centimètres qui me donnaient l'impression d'être sur des échasses. Et Charlotte m'avait donné ce qu'elle appelle un coup de peigne, c'est-à-dire qu'elle m'avait rabattu sauvagement les cheveux sur le front. Et j'avais un pansement au bout du nez.

— J'ai l'air ridicule, avais-je observé.

— Mais c'est ce qu'il faut ! avait répliqué Charlotte, et comme je demandais si tout ça tout de même c'était bien utile, elle avait crié : Mais évidemment ! Oh, si tu tombes sur Kasper à 3 mètres, il te reconnaîtra. Mais peut-être quinze secondes trop tard. Mets les mains dans les poches.

— Ça va les déformer.

— Si la bagnole de Kasper est toujours là, a dit Coccioli, il n'est même pas question que vous entriez ; on se débrouillera autrement.

— Mets les mains dans les poches, bordel ! Non, les poches de falzar. Le bide en avant. Et souris ! Non, plus niais. Voilà. Mais continue ! Souris tout le temps.

— Ça tire.

— C'est parce que les muscles ne sont pas habitués. Tu ne souris jamais. Et garde les mains dans les poches.

— Vous croyez vraiment...

— Et tutoie-moi ! Bien sûr que je crois vraiment. Chaque individu a une personnalité et c'est sa personnalité qu'il faut maquiller.

— Voilà une idée qui me paraît très littéraire.

— Tu verras !

J'ai vu. Quand nous sommes tombés sur Kasper, il nous a reconnus instantanément, à 30 mètres de distance.

Auparavant, il y a eu le trajet, et puis la visite, et la purification.

A la fin du trajet, nous avons observé à la jumelle les bâtiments de la communauté. On ne décelait aucune activité suspecte. Il y avait des voitures au parking sur les arrières, mais pas la 504 d'hier soir.

Nous sommes revenus dans l'intérieur du village et nous avons laissé là Haymann et Coccioli, avec la paire de jumelles. J'ai pris le volant de l'Alfa, nous sommes encore sortis du village, nous avons roulé jusqu'au portail de la communauté.

Tout de suite nous avons été pris en charge par une espèce de moinillon de dix-sept ou dix-huit ans, le crâne rasé et les pieds sales, qui nous a guidés pour que nous garions l'Alfa au parking. La plupart des voitures en stationnement étaient immatriculées à Paris.

L'ensemble des bâtiments se présentait comme une très grosse ferme à cour fermée, avec quelques dépendances en appentis. On était entouré de bois et de prés que broutaient quelques chevaux aux jambes fines. Les murs de la ferme étaient très épais, les ouvertures rares, élevées et étroites ; c'était presque une ferme fortifiée. Comme le parking était sur les arrières, nous avons longé la moitié de l'enceinte à pied, précédés par le moinillon, pour rejoindre la porte d'entrée.

— S'il y a des gens qui veulent manœuvrer leur voiture, ai-je dit au moinillon, la mienne va gêner.

— Oui, il faut donner votre clé.

Je lui ai tendu ma clé. Il s'est écarté en fermant les yeux.

— Vous la donnerez au bureau. Je ne touche pas aux machines.

— Excusez-moi, ai-je dit.

— Il n'y a pas d'offense. (Il a rouvert les yeux et s'est remis à nous précéder. Il était pieds nus. Il faisait près de zéro degré centigrade. Il avait sous les pieds une épaisse couche de corne noircie.) Pas d'offense, a-t-il répété, vous ne pouviez pas savoir, vous n'aviez pas l'instruction. Mais ne vous sentez pas inférieur. C'est moi l'inférieur, je vous prie de le croire.

— C'est comme vous voudrez, ai-je assuré.

A la porte d'entrée, il y avait une sorte de guichet dans une espèce de poste de garde, comme on voit à l'entrée des bâtiments militaires ou ministériels. Derrière le guichet se trouvait une jeune fille brune assez jolie, avec des cheveux très frisés et de grands yeux bleus myopes, en blouse d'acrylique jaune avec un petit col blanc de chemisier qui dépassait. Sur son injonction, nous lui avons remis les cartes d'entrée au nom de M. et Mme Jacques Blondeau et nous avons mis nos badges, qui portaient nos prénoms usurpés, c'est-à-dire Jacques et Myriam. La guichetière a pointé quelque chose sur une feuille de papier fixée à une planche par une pince à dessin. Enfin nous avons suivi le moinillon à l'intérieur de l'enceinte, et il nous a fait faire le tour du propriétaire.

C'était, comme j'ai dit, une ferme à cour fermée, à un étage, le dos au nord-est. A l'étage, dans le corps de bâtiment principal et dans les deux ailes, il n'y avait que des chambres, desservies par un couloir continu. On nous a montré notre chambre. Ses murs étaient chaulés, comme toutes les cloisons de l'établissement. Nous avions une petite fenêtre qui dispensait peu de lumière et donnait sur le nord-est ; on avait vue sur la pente boisée de la colline ; sous la fenêtre, il y avait le toit d'un appentis.

Dans la chambre, il y avait deux nattes épaisses, un certain nombre de coussins écrus, une armoire en osier, c'était tout. Le moinillon a ouvert l'armoire en osier ; il y avait des couvertures dedans. Nous n'avions pas de bagages, parce que la communauté voulait que les gens viennent sans bagages. Jacques et Myriam me l'avaient spécifié, et c'était d'ailleurs indiqué dans les dépliants explicatifs.

— C'est sommaire, ai-je dit parce que le silence me pesait.

— C'est inférieur, a dit le moinillon. C'est souhaitable.

Nous sommes ressortis de la pièce en laissant la porte ouverte. Tout le long du couloir, les portes des chambres étaient semblablement ouvertes, et l'on voyait partout le même tabac, les murs blancs, les coussins, les deux nattes et l'armoire d'osier. Ça coûtait 350 francs par jour et par personne et je prévoyais que la bouffe aussi allait être d'une simplicité biblique, magnifiquement inférieure, de l'eau et de la farine de soja, par exemple.

Mais je n'ai pas eu le loisir de vérifier mes prévisions. Comme nous longions derechef le couloir, j'ai vu, à l'autre bout, à 30 mètres de distance à peu près, Kasper qui tournait le coin. J'ai pris le coude de Charlotte et j'ai viré sec à l'intérieur de la chambre la plus proche.

— Et ici ? Et ici ? Et ici ? ai-je demandé avec une certaine nervosité. Qu'est-ce que c'est ? (Il y avait quatre personnes dans la pièce, deux hommes et deux femmes, assis sur des coussins, qui m'ont regardé d'un air interrogateur et paisible. D'une main j'empêchais Charlotte de se dégager ; l'autre main je l'avais glissée sous ma veste prune et mes doigts ont effleuré la crosse de l'automatique tchèque, mais ça me paraissait un peu tôt pour ouvrir le feu.)

— C'est une autre chambre, a dit le moinillon resté sur le pas de la porte.

— Soyez les bienvenus, a dit un des hommes assis. Vous êtes nouveaux ?

Il n'a pas attendu que je réponde, il s'est remis à faire la même chose que ses trois compagnons, c'est-à-dire se tapoter les genoux avec les paumes, à toute vitesse, en psalmodiant un texte qui m'a semblé être Aranaranaranaranaranaranarana (mais peut-être ai-je mal compris).

— Euh, poursuivons, s'il vous plaît, a dit le moinillon, ou bien nous serons en retard pour la purification.

— Mon pote, ai-je murmuré, on va être en avance, au contraire.

En même temps j'ai dégagé la sûreté du 7,62 et j'ai fait un pas de côté et j'ai repris pied dans le couloir. Mais le couloir était vide et il n'y avait pas plus de Kasper que si j'avais rêvé. Et moi j'étais certain de l'avoir vu, mais je ne pensais pas qu'il nous avait vus. Et Charlotte me jetait des regards interrogateurs et légèrement agacés parce que ma conduite lui paraissait tout à fait inexplicable.

— O.K., ai-je dit. Poursuivons.

Nous avons poursuivi. Et je ne pouvais pas avertir Charlotte en présence du moinillon. Suivre un moinillon débile et s'attendre à chaque instant à voir surgir un tueur, ça provoque une sensation que je vous recommande.

Certaines chambres étaient vides et d'autres pas. Les gens étaient en robe écrue ou en costume de ville, c'était selon. Parfois ils discutaient ou psalmodiaient, et parfois ils ne faisaient absolument rien. J'ai compté douze personnes, de trente à cinquante ans, autant d'hommes que de femmes, et je dirai d'un bon milieu social. La plupart semblaient prendre très au sérieux ce qu'ils faisaient là.

Plus tard il est apparu que l'étroit corps de bâtiment placé en façade était occupé par des moinillons et nonnettes, des chambres à l'étage et en bas une espèce de double corps de garde, de part et d'autre du portail d'entrée. Mais notre moinillon ne nous a pas fait visiter cette partie. Après les chambres des pensionnaires, il nous a menés au rez-de-chaussée et il nous a fait voir l'intérieur d'une aile, où il y avait des ateliers. Moinillons et nonnettes, robes écrues, crânes rasés, dix-sept à vingt-cinq ans, s'affairaient à tisser des étoffes, forger des bijoux, cuire du pain, tourner des pots.

Bien entendu, il y avait partout des cassolettes et des bâtonnets, et ça cognait sévère l'encens et la myrrhe. En tout cas, l'encens — pour la myrrhe, je ne sais pas parce que je ne connais pas l'odeur de la myrrhe, c'était juste par manière de causer.

L'endroit où il y avait le plus de puanteur mystique, c'était le rez-de-chaussée de l'aile sud-est, dans un atelier de tissage où l'on voyait l'entrée d'un sous-sol fermée par une porte de fer avec une barre de sûreté.

— Et là ? ai-je demandé au moinillon en pointant l'index.

— La cave. Dépêchons-nous, si je peux vous en prier, il y a deux autres personnes qui attendent pour que vous soyez purifiés tous ensemble.

On s'est hâté. Au rez-de-chaussée du corps de bâtiment principal, il y avait des pièces fermées et des salles communes, réfectoire, salle de réunion. Enfin nous avons franchi un seuil et nous nous sommes trouvés dans une salle carrelée où un couple et une femme semblaient nous attendre, et le moinillon nous a annoncé que c'était là.

Le couple se composait d'une opulente mémère en manteau de vison, avec des cheveux platine et un buste agressif, sans doute siliconé, et d'un bellâtre, de dix ans plus jeune que la mémère, les cheveux jaunes et le teint recuit aux ultraviolets, qui fumait une Celtique bouffie dans un fume-cigarette Dunhill.

— Soyez les bienvenus, Jacques et Myriam, nous a dit l'autre femme.

Elle portait une robe safran et elle avait le crâne rasé et un collier d'argent rigide, d'un seul brin, autour du cou. Ses sourcils étaient totalement épilés, ce qui lui donnait un regard d'oiseau. Elle nous a tendu à tous les quatre de grands sacs plastiques.

— A présent, a-t-elle affirmé tout à trac, vous allez vous dévêtir. Sans doute seriez-vous plus à l'aise si je vous expliquais d'abord pourquoi c'est nécessaire. Mais notre but n'est pas de vous mettre à l'aise, il est de vous abaisser. Dans le monde extérieur où la matière est devenue toute-puissante, l'homme ne fait rien sans informations. Ici où nous sommes, la matière n'est rien, c'est l'Esprit qui est tout-puissant. Vous ne recevrez aucune information. Il s'agit seulement de subir. La joie ne vient pas de l'information. La joie vient de l'abaissement et de la discipline.

— Hé, ho ! a grogné le bellâtre d'un air révolté en ôtant précipitamment son fume-cigarette de ses dents.

— Silence, a commandé la femme aux yeux d'oiseau.

Le bellâtre a paru sur le point de discuter, mais la femme au vison l'a fusillé du regard et je l'ai vue distinctement qui lui pinçait le poignet. Le bellâtre a haussé les épaules. L'espèce de bonzesse, déjà, s'était détournée et elle a gagné le fond de la pièce et elle a ouvert une porte de communication. Nous avons reçu au visage une bouffée de chaleur et de bruit.

Dans la salle voisine, qui était vaste, il y avait un bassin d'une dizaine de mètres de long et de 50 centimètres de profondeur, plein d'eau chaude. Dans les nuages de vapeur, nous avons vu qu'il y avait dans le bassin une quinzaine de personnes à poil qui s'éclaboussaient et braillaient et se sont mises à nous faire des signes amicaux.

— Allons, a dit la bonzesse avec un sourire d'hôtelière, dévêtissez-vous.

— Dévêtez-vous ! a crié le bellâtre.

— Pardon ?

— Dévêtez, pas dévêtissez !

— Mais oui, a dit la bonzesse en battant des paupières, et vous mettrez vos affaires dans le sac plastique, on vous les rendra à la sortie de la purification.

— Arabaranabanana ! gueulaient les baigneurs.

— C'est vraiment merdeux ! Je t'avais dit que ce

serait merdeux ! a crié le bellâtre en se retournant vers sa compagne.

Mais celle-ci, l'air assez émoustillé, avait ôté son manteau de vison et sa jupe, et présentement elle a enlevé son corsage et mis au jour un buste d'une grande perfection formelle, et très gros, et apparemment solide comme un roc.

— Kasper est dans la baraque, ai-je soufflé à Charlotte.

— Hein ?

— Kasper est dans le secteur. Je l'ai vu. Il ne nous a pas vus. Tout à l'heure, là-haut.

— T'es sûr ?

— Dévêtez-vous, allons, dévêtez-vous ! a encore commandé la bonzesse en circulant près de nous comme un pion qui fait mettre des internes en rang.

J'ai dirigé mon regard vers un point du mur et je l'y ai maintenu pendant que je me déshabillais. J'ai fourré mes vêtements et mes chaussures dans le sac plastique, en repliant bien ma veste autour du 7,62.

— Arrête de prendre l'air digne, m'a dit Charlotte, on dirait Peter Sellers.

A travers la vapeur, on ne voyait pas bien s'il était plutôt mystique ou bien lubrique, le regard que dirigeaient vers nous les baigneurs chantants. Puis la prêtresse chauve a ramassé nos sacs et la mémère ravalée s'est précipitée la première vers le bassin en poussant un gloussement joyeux et en me heurtant l'épaule avec un de ses seins. Le bellâtre a suivi et m'a jeté un coup d'œil par-dessus son épaule, un coup d'œil qui hésitait entre la virilité et l'effondrement moral.

— A la guerre comme à la guerre, lui ai-je dit et il s'est détourné instantanément et il a gagné le bassin en faisant jouer tous ses muscles.

Quand nous avons tous été dans l'eau jusqu'à mi-cuisse, il a fallu nous asperger les uns les autres, et il a fallu psalmodier comme tout le monde. A un moment il m'a semblé qu'au lieu d'arabarana, Charlotte chantonnait banana, cavanna et havanaguila, mais quand je lui ai jeté un coup d'œil, elle avait l'air, avec ses beaux yeux et ses jolis seins pleins de gouttelettes, aussi sérieusement mystique qu'on peut. A cet instant, un zélote lui a nettement mis la main aux fesses, et elle lui a flanqué un grand coup de talon sans cesser de psalmodier.

Tout ça a dû durer pas mal de temps et m'a paru durer bien davantage. Mais enfin tout le monde, sauf nous quatre les novices et la prêtresse qui caracolait sur le bord en claquant des mains, a quitté le local.

— A présent, a annoncé la chauve, on va vous appeler un par un. Tout d'abord, Lucienne.

— C'est moi, a dit absurdement la mémère ravalée.

Elle s'est hissée avec un peu de difficulté, car elle était hors d'haleine, elle s'était donnée à fond à la cérémonie, et elle a marché vers la porte de sortie que lui désignait la prêtresse, à l'opposé de celle par où nous étions entrés. Le bellâtre l'a regardé disparaître d'un air écœuré. Nous sommes restés quelques minutes à ne pas savoir quoi faire, avec l'eau qui clapotait contre nos cuisses. Puis on a appelé Charlotte. Et encore cinq minutes plus tard, on m'a appelé.

J'avais hâte de récupérer le sac plastique, mes vêtements et le 7,62. J'ai franchi la porte et je me suis trouvé dans un petit bureau. J'ai refermé derrière moi. Il y avait une autre porte à l'autre bout de la pièce. Mon sac de fringues et une serviette étaient posés sur une table de travail encombrée de brochures. J'ai saisi la serviette. La porte en face de moi s'est ouverte et Kasper est entré. Il avait toujours le bras droit plâtré et en écharpe. De la main gauche, il a braqué sur mon ventre un Walther PPK avec des flancs de crosse en plastique blanc.

— Je savais que ça allait se produire, ai-je observé.

XVII

— Donnez-moi donc votre arme, ai-je dit ensuite. J'en ramasse deux ou trois par jour, ces temps-ci, je vais ouvrir une armurerie.

Il me regardait d'un air pensif.

— Habillez-vous.

— Permettez que je m'essuie d'abord.

— Ne perdons pas de temps, Tarpon, je suis énervé. (Ceci dit d'un ton très plat, ce qui conférait à l'affirmation un caractère stupéfiant, comme si un yaourt entamé vous criait soudain finissez-en, je souffre trop.)

J'ai enfilé mes vêtements sur ma peau mouillée. Ça glissait mal. J'ai bêtement cherché le 7,62 qui n'était plus là.

— Vous êtes foutu et vous le savez, ai-je observé en luttant avec les boutons de la chemise à fleurettes. Vous n'imaginez pas, j'espère, que j'ai pu me risquer ici, et avec une femme en plus, avant que vous soyez cernés. (J'ai attaché à mon poignet la montre en or. Elle indiquait 16 h 45. Nous étions convenus que Chauffard et Grazzelloni arriveraient au village à

18 h 30, avec les vingt ou quinze flics, ou moins, qu'ils auraient pu réunir dans l'intervalle. Et moi, ou bien Charlotte, ou bien nous deux, à un moment quelconque après 18 h 30, nous devions nous éclipser du monastère-bidon et rejoindre nos cocos à l'épicerie-buvette de Doutremart, pour leur dire si ça valait le coup de se lancer à l'assaut, s'ils avaient bel et bien des chances de surprendre tout un tas de bandits et tout un tas de drogues dangereuses. C'était un excellent plan ; seule son application faisait désormais problème.)

— C'est ma montre, a dit Kasper.

— C'est exact. Vous voulez la reprendre ?

Il a hoché la tête. J'ai défait le bracelet de la Rolex et je l'ai tendue à Kasper. Il a fait un pas en arrière.

— Posez-la sur la table.

— Vous feriez mieux de me la laisser, ai-je dit. Si vous lisiez les journaux, vous sauriez que beaucoup de policiers français sont malhonnêtes. Tout à l'heure, quand ils vous arrêteront, ils vont vous la piquer. Laissez-la-moi, je vous la garderai pour quand vous sortirez de prison, à quatre-vingt-seize ans.

— Vous bluffez.

— Mais non. Vous le savez très bien. Vous savez que vous êtes foutu. Je ne comprends même pas pourquoi vous êtes encore ici. A votre place, j'aurais déjà quitté la France.

— Mettez vos chaussures.

— C'est parce que vous n'êtes pas un simple tueur, ai-je dit en enfilant ma chaussure gauche. Vous avez des intérêts dans cette organisation. Et vous avez du lait sur le feu.

— Du lait ? a répété Kasper.

— Vous avez une fournée d'héroïne en cours de fabrication, ai-je dit en nouant mes lacets. Vous êtes bloqué ici parce que la réaction de transformation est commencée. Quand la réaction est commencée, il faut la poursuivre jusqu'au bout.

— Nous avons presque fini, a dit Kasper.

— Vous auriez mieux fait d'abandonner votre capital et de vous sauver.

— Tournez-vous face au mur.

Je me suis tourné. J'ai entendu Kasper remuer, puis il m'a dit de me retourner. Je me suis retourné. Il avait remis sa Rolex à son poignet gauche.

— Passez devant, a-t-il commandé en me désignant la porte avec le canon du PPK. Marchez doucement.

J'ai obéi. Nous avons suivi un couloir nu et désert. Au bout du couloir, il y avait une porte de fer bâclée d'une barre de sûreté, et un moinillon ensommeillé assis sur un pliant. A notre approche, le moinillon s'est levé et a ouvert la porte, ce qui lui a pris deux bonnes minutes.

— La fille est en bas ? ai-je demandé à Kasper.

Il n'a pas répondu. La porte s'est ouverte sur un escalier raide qui menait deux ou trois mètres plus bas. On voyait le sol de mâchefer de la cave. Une ampoule sous grillage éclairait vaguement.

— Descendez, doucement.

Je suis descendu doucement, Kasper derrière moi. Au-dessus de nous, le moinillon a refermé la lourde.

Au bas des marches, j'ai jeté un regard circulaire. Les caves étaient vastes et les ampoules grillagées sales et peu nombreuses. Des murets et des piliers couraient ou s'élevaient ici et là, et l'on apercevait des silhouettes de tas de charbon et des reflets sur des bouteilles, mais dans l'ensemble, c'était plutôt un obscur fouillis.

— Avancez.

J'ai avancé. Nos semelles faisaient craquer le mâchefer.

— Est-ce que vous allez me descendre ? ai-je demandé.

— Pas dans l'immédiat.

— Tarpon ? a hélé quelqu'un au détour d'un mur.

— Charlotte, ai-je dit.

J'ai franchi le coin du mur. Charlotte était assise par terre sous la lumière jaunâtre. Elle avait un bras à demi levé ; son poignet était menotté à une canalisation. J'ai vu qu'elle n'avait pas de mal. A ce moment je me suis détendu, mes jarrets ont tressailli de manière incontrôlée et j'ai dû m'appuyer au mur.

— Qu'est-ce que vous faites ? Avancez ! a dit Kasper.

— Ça ne va pas ? a demandé Charlotte.

Je me suis décollé du mur.

— Ça va. Ça va bien.

— Retournez-vous.

— Je me suis fait du souci pour vous, ai-je dit à Charlotte.

— Retournez-vous.

— Mais oui, mais oui. On arrive.

Je me suis retourné. A ma surprise, Kasper m'a frappé avec le canon du PPK au bas du sternum, avec une précision diabolique. J'ai perdu le souffle, j'ai éprouvé une douleur presque insupportable et je suis tombé par terre, la joue dans le mâchefer. Kasper a fourré son automatique dans sa poche. (Il portait une grosse veste longue imperméable, genre veste pour la chasse au canard, kaki.) Il a sorti des menottes et une clé. J'ai essayé de me ramasser sur moi-même pour lui rentrer dans le chou, mais j'étais tout engourdi et je n'ai réussi qu'à me baver sur le menton. Il m'a menotté un pied à la canalisation, au-dessus d'une fixation du tuyau, cinquante centimètres au-dessus du sol. J'avais l'air fin, avec mon pied en l'air, et j'étais réduit à une impuissance presque totale. Par ailleurs, Charlotte et moi étions séparés par une distance d'un mètre.

— Salaud, chiennerie de brute, a dit Charlotte.

— Ce n'est rien encore, chère petite madame, a dit Kasper et il s'est redressé et il s'est éloigné dans la pénombre.

— Je suis un mec dont vous devrez vous méfier, toujours, ai-je observé en me démanchant à moitié le cou pour regarder dans la direction de Charlotte.

— Qu'est-ce que vous racontez ? Il vous a tapé sur la tête ?

— Dans tous les cas, ai-je dit, c'était extrêmement dangereux de vous emmener ici. Mais je ne pouvais pas y rentrer sans vous, parce qu'il fallait absolument un couple. Et je voulais y rentrer, parce que je voulais les vaincre moi-même. Péché d'orgueil, comme dit ma pauvre mère. Est-ce que vous comprenez ce que je vous dis ?

— Non.

— Mais moi, oui. Moi, je sais ce que je dis.

Je commençais à pouvoir bouger de nouveau. Kasper est réapparu sur ces entrefaites, arrivant du fond des caves. Il était accompagné d'un nouveau moinillon aux yeux très écartés et à la physionomie spécialement imbécile, qui portait quelque chose sous le bras droit et un marteau à tête parallélépipédique à la main.

— J'ai pensé vous tuer et vous enterrer quelque part, m'a dit Kasper pendant que je me contorsionnais pour me redresser à demi. Je ne suis vraiment pas à ça près. Toutefois, je suis ennemi des meurtres gratuits. Dans tous les sens du terme. (Il a eu un sourire en coin. Il avait l'air content.) Quand nous aurons fini notre travail ici, et démonté votre matériel, je pense que je vous laisserai dans cette cave. Je ne crois pas une seconde à votre fable grotesque comme quoi la police nous guetterait dehors. Mais enfin, il finira bien par venir quelqu'un qui vous trouvera. (Il a souri de nouveau.) Il faut du moins le souhaiter.

J'ai réussi à me mettre sur un coude. Le moinillon a laissé tomber près de moi ce qu'il tenait sous le bras. C'était un gros pavé de grès. Sans prévenir, Kasper m'a décoché un coup de pied dans la poitrine.

Il avait de nouveau tapé au plexus avec une précision affreuse. Derechef je me suis trouvé la joue dans le mâchefer, les paupières mi-closes et aussi énergique qu'un gant de toilette. Kasper m'a pris le poignet.

— Le Maître est grand, a déclaré le moinillon imbécile sans s'adresser à personne en particulier. Le Maître est bon !

— Auparavant, m'a dit Kasper, je vous dois cependant quelque chose.

Il a placé mon bras sur le pavé de grès. Il a pris le marteau dans la main du moinillon imbécile et il m'a tapé sur le bras de toute sa force. Bien qu'il utilisât sa main gauche, il m'a cassé le bras du premier coup.

J'ai connu un moment bref de choc, d'insensibilité et surtout d'incrédulité. Kasper a placé mon autre bras sur le pavé. Je me suis mis alors à hurler à pleins poumons et j'ai ôté mon bras valide avec difficulté. Le moinillon a éclaté de rire, il m'a saisi le poignet à deux mains et il a remis mon bras sur le pavé, et Kasper a abattu son marteau. Mon deuxième bras s'est cassé et le manche du marteau aussi.

A partir d'ici, je ne me rappelle pas tout. Mon esprit est demeuré enfermé dans mon corps, mais il avait grande envie d'en sortir, et il courait et galopait partout dans ma tête et tentait avec frénésie d'en casser les murs. Je sais que je hurlais à me claquer les cordes vocales. Je sais que j'ai si fort mordu ma lèvre inférieure que j'en ai tranché une petite bribe, de sorte que j'ai bavé du sang. Tout ceci n'est guère joli ni héroïque. Et je sais que Charlotte a essayé d'attaquer Kasper et qu'elle tirait sur sa chaîne comme un chien, et elle était en colère comme un chien. Le moinillon imbécile se boyautait. Kasper avait l'air distant et vaguement déçu.

Je sais aussi qu'après un moment, un homme est arrivé des ténèbres qui emplissaient le fond des caves. Loin derrière lui, on voyait d'ailleurs une parenthèse de lumière vive, l'entrebâillement de la porte par où il était venu. Et c'était un homme de soixante ans passés, le crâne dégarni. Il avait de grands yeux mobiles et des cheveux blancs pisseux sur les côtés et l'arrière de la tête, qui lui pendaient dans le cou en mèches irrégulières. Son nez était court et retroussé et il avait des dents de lapin couvertes de tartre et de nicotine, presque uniformément marron. Et son teint était blême et sa peau graissée de sueur. Il était vêtu d'une combinaison de grosse toile blanche tachée de brun et de noirâtre et il portait des gants comme les ménagères en mettent pour faire la vaisselle. Un masque à gaz pendait de son cou gras.

— Hé, vous, âne stupide ! a-t-il dit à Kasper d'un air égaré et sévère. Qu'arrive-t-il ? Qu'avez-vous fait ? Qu'a cet homme ?

Le chauve avait un accent germanique. Une senteur piquante envahissait les caves, issue certainement de la porte entrebâillée là-bas.

— Cet homme est ce con de Tarpon, a dit Kasper. Je lui ai cassé les deux bras. Vous feriez mieux de retourner à votre travail.

Le chauve a secoué la tête avec impatience et déclaré que les hurlements le gênaient. Je ne me rappelle pas les termes exacts ; j'étais bien bas. Je sais qu'il s'est éloigné, mais au bout d'un moment il était de nouveau là en train de m'enfoncer une aiguille dans le bras.

— Assassin ! Assassin ! hurlait Charlotte quelque part hors de mon champ visuel, et j'ai vaguement pensé que le chauve était en train de m'achever, et mon esprit s'est bizarrement rebellé contre cette notion ; j'ai essayé de me débattre.

— Restez tranquille, monsieur le policier, m'a dit le chauve. Cela va vous soulager.

Il était malpropre, mais son regard était doux et

bienveillant. Je crois qu'il m'a souri pendant qu'il enfonçait le piston de la seringue. J'ai eu une sensation de chatouillis insupportable dans la paume et de chaleur bienfaisante dans le haut du bras et au cœur. J'ai pensé que je mourais. Le chauve, d'ailleurs, avait replié sa bouche charnue en une petite moue ronde, et il sifflotait la Danse Macabre [1].

— Grouillez-vous un peu, a dit Kasper.

— Vous n'avez pas besoin de rester ici.

— Je veux que vous retourniez au travail, je ne veux pas que vous restiez à traînasser.

— Il est mal, a dit le moinillon imbécile, il est mal de vouloir commander au Maître. Le Maître sait. Le Maître est bon. Assez de sottises, vous ! Vous avez cassé le marteau, déjà !

— Mais bon Dieu, mais c'est pas vrai ! a grommelé Kasper en secouant la tête et il est sorti de mon champ visuel et je l'ai entendu encore dire qu'il foutait le camp d'ici mais qu'il allait revenir ; et puis j'ai perdu connaissance pour de bon.

1. Voir note page 73.

XVIII

Pendant que mon esprit vagabondait dans un néant reposant, il s'est passé deux choses pleines d'intérêt.

Tout d'abord, je n'avais pas réussi à bluffer Kasper, et d'ailleurs je n'y comptais guère, mais je l'avais inquiété. Après qu'il a quitté la cave où le chimiste chauve m'injectait on n'a jamais su quoi au juste, Kasper est sorti de la communauté. Dédaignant la 504, qui se trouvait dans un appentis, il est allé à pied au village. Il est entré à la buvette où il a acheté une cartouche de Camel. Puis il est revenu vers l'institution. Sur le trajet, à l'aller et au retour, il a soigneusement examiné les alentours, assez discrètement. Il n'a rien remarqué d'anormal. Il a donc été rassuré.

Cependant, paisiblement assis sous bois sur la courbe de la colline, Coccioli et Haymann, un carton de bière à côté d'eux, l'observaient à la jumelle. Et ils étaient très inquiets de voir que Kasper se trouvait toujours à Doutremart et n'était pas rentré à Paris, ou bien enfui. Et d'autre part ils ont bien vu qu'il faisait une sorte de reconnaissance. Plus tard, Haymann m'a même dit qu'ils avaient envisagé d'intervenir aussitôt, sans attendre l'arrivée de Chauffard, de Grazzelloni et des autres.

La seconde chose pleine d'intérêt qui est survenue pendant que je battais la campagne, c'est que Charlotte a fait sa fête au moinillon imbécile.

J'étais sur le sol, le pied en l'air, la bouche baveuse et le menton sanglant, et le moinillon était aussi sur le sol, assis sur ses talons, et il expliquait à Charlotte combien le Maître est bon, le Maître est grand. Le Maître, cependant, avait regagné son antre. La parenthèse de lumière au fond de la cave avait disparu. L'odeur piquante des produits chimiques avait commencé de se résorber. Charlotte pleurait doucement, à moitié pour de vrai, à moitié pour se donner l'air d'une petite chose fragile. Et puis elle s'est mise à dire qu'elle voulait connaître les enseignements du Maître, elle aussi.

— Ah mais, a dit le moinillon imbécile, c'est que c'est compliqué.

— Je veux savoir, je veux savoir, a affirmé Charlotte. Voyez où m'a menée ma vie mauvaise ! Je ne peux pas tomber plus bas. C'est le bon moment pour recevoir l'enseignement du Maître. Ne voyez-vous pas que le plus court chemin vers le zénith passe par le nadir ?

— Vous parlez comme le Maître, a dit le moinillon imbécile et il paraît qu'il avait l'air égaré.

— Enseignez-moi la parole !

— Je vais essayer, a déclaré le moinillon après réflexion.

— Non ! a crié Charlotte. Donnez-moi de l'eau ! Je ne peux pas vous écouter souillée comme je suis. Versez-moi de l'eau sur la tête !

— Ah oui, a dit le moinillon imbécile.

Il s'est levé et éclipsé et il est revenu au bout d'un moment avec un seau d'eau. Charlotte a incliné la tête d'un air humble. Le moinillon s'est approché pour lui vider le seau sur la tête. Charlotte, n'est-ce pas, est cascadeuse de son état. Elle a rassemblé ses pieds sous elle. Quand le moinillon s'est penché, elle s'est projetée et elle lui a percuté la pointe du menton avec son crâne. Elle a la tête dure. Elle a étendu sec le moinillon.

Ensuite elle a récupéré le pavé et le marteau cassé. Il lui a fallu un moment parce qu'elle ne voulait pas taper fort, afin de ne pas attirer l'attention, mais enfin elle a brisé la chaîne de ses menottes et elle s'est libérée. Elle m'a examiné et je n'avais pas l'air bien. Elle a déchiré en lanières la robe du moinillon imbécile et elle a attaché et bâillonné le zélote, avec des nœuds marins. Puis elle a encore pris le pavé et la tête de marteau et elle a brisé la chaîne des menottes qui reliaient mon pied à la canalisation.

Pendant ce temps — mais nous n'en savions rien — Kasper était hors des bâtiments, mais il était sur le chemin du retour. Il ne se pressait pas.

Je suis revenu à moi et j'ai rigolé. Mes sensations vaguaient. J'étais aboulique. J'avais la langue saburrale comme une wassingue sale et le front halitueux. Mes perceptions étaient laciniées et il me semblait que je baignais dans du galipot. J'étais vachement labile et quand Charlotte m'a eu fait lever, ce n'était ni le pied ni les oaristys, de sorte que j'ai méchamment jaboté et même crié raca sur elle, en titubant comme un ophite. Bref, vous voyez le tableau, et que j'étais camé comme un bœuf.

Charlotte, ne pouvant guère me saisir par mes bras brisés, m'a tiré et poussé en direction de l'escalier en jurant à demi-voix, pire qu'un charretier. En arrivant aux marches, j'ai buté et je suis tombé, et j'ai poussé un rugissement parce que j'avais mal. Je me suis redressé et je suis parti droit devant moi dans la pénombre, en grognant et la tête basse. Je piétinais le mâchefer et j'ai heurté des bouteilles, des cageots vides, du charbon. Charlotte trébuchait à ma suite.

— Pas par là, disait-elle. Est-ce que vous comprenez ? Oh, funérailles, Tarpon, mais qu'est-ce qu'ils vous ont fait ?

Elle semblait folle d'angoisse au sujet de ma pauvre tête, et son angoisse de moi m'a causé un terrible ravissement mais je n'ai pas eu la présence d'esprit de lui répondre, je l'ai même bousculée et j'ai quasiment heurté une porte, au milieu d'un mur qui semblait fermer l'extrémité entière de la cave. Sortir de la cave, c'était une bonne idée. Je me suis mis à donner des coups de pied dans le battant.

— Arrête ! Arrête ! (Charlotte s'est interposée et a grimacé quand je lui ai flanqué un coup de pied dans le tibia, par inadvertance.)

— C'est fermé de votre côté, eh, plouc, a observé une voix avinée que j'ai reconnue.

— Tiens, ai-je dit à Charlotte. Renée Mouzon.

Charlotte m'a regardé. Elle s'est retournée vers la porte. Elle a saisi la clé qui se trouvait dans la serrure à l'extérieur et elle a ouvert.

— Que personne ne bouge, a-t-elle lancé.

Personne n'a bougé. Personne n'était en état.

De la porte d'entrée, on avait vue sur une sorte de

living double, avec trois marches séparant les niveaux de la première et de la seconde partie de la pièce. Il n'y avait aucune fenêtre et les murs étaient blancs, non pas chaulés comme ailleurs dans l'institution, mais peints en blanc mat. A droite de la porte, il y avait une chaise et un petit secrétaire Louis XVI, et une grosse lampe à abat-jour dont le pied était un gros vase chinois, allumée. Au milieu de la première moitié de la pièce, il y avait une autre lampe à abat-jour, soutenue par une négresse nue en métal lourd, peinte en noir, rouge et or. Cette lampe-là aussi était allumée, ainsi que plusieurs tubes fluorescents au plafond, et des tubes semblables dans l'autre partie de l'espace, au-delà des trois marches, et d'autres torchères là-bas, projetant une très grande quantité de lumière, tout cela, sur la vitrine à gauche de la porte, et sur les deux grands portraits d'Adolf Hitler et de Sigmund Freud, dans l'autre pièce, et au fond de cette pièce-ci sur le grand lit en face de la porte. Dans la vitrine, il y avait des bijoux et des armes. Il y avait des bagues, des bracelets, des colliers et des tiares. Il y avait des pistolets d'arçon, des pistolets de duel, une hallebarde, un sabre de samouraï dans son fourreau, une cuirasse d'aspect ibérique, toute décorée d'arabesques d'or. En face de la porte sur le lit, il y avait Renée Mouzon et Philippine Pigot.

Philippine Pigot ressemblait à ses photographies. Elle était assise au fond du lit, le dos tout droit contre le mur, les jambes toutes droites sur le lit, tournant vers nous ses semelles, son buste et ses yeux morts. Elle souriait hagardement. Renée Mouzon était affalée sur un coude à l'autre bout du lit. Elle avait sous les yeux des traînées de rimmel et elle était dépeignée ; il y avait une carafe par terre à portée de sa main, à demi pleine d'un liquide topaze. Une cigarette pendait au coin de sa bouche barbouillée de rouge. J'ai eu droit à un clin d'œil coquin.

— Salut, plouc, a dit Renée Mouzon.

— B'jour, ai-je grommelé.

Je commençais à reprendre pied dans la réalité. C'était dur, et je devais faire un effort conscient. Pour une raison qui m'échappe à présent, je trouvais la situation hilarante.

— Qu'est-ce que c'est que cette maison de folles ? a demandé Charlotte.

— Holà, ma petite, a dit Renée Mouzon.

Elle est restée la bouche ouverte. Sa cigarette est tombée de sa lèvre et s'est mise à creuser un trou dans le pan de sa robe de chambre blanche. Les deux femmes portaient une robe de chambre blanche identique. Je me suis avancé pour ramasser la cigarette, mais je n'ai pas pu parce que mes bras étaient cassés.

— Philippine, ai-je dit. Philippine ? Ho !

— Elle ne vous entend pas, plouc, a gloussé Renée Mouzon. Son papa la drogue.

— Ce n'est pas son papa.

— Papa. Papa, a dit Philippine.

— Je suis là, mon petit, a dit le chauve.

Il était entré presque sur mes talons, son masque à gaz pendouillant toujours à son cou. Charlotte et moi nous sommes retournés vers lui, un peu secoués. Il n'avait pas l'air menaçant. Il a fermé la porte derrière lui. Il avait la clé à la main. Il l'a mise dans la serrure à l'intérieur, mais il n'a pas verrouillé.

— Papa, papa, papa, a répété Philippine en souriant et en dodelinant.

La salive faisait des bulles à ses commissures.

— Ce n'est pas votre papa, ai-je dit. Il s'appelle Bachhauffer.

Philippine a secoué la tête. Elle a continué de la secouer de plus en plus fort et vite, jusqu'à être toute décoiffée. Elle a cessé de sourire. Sa bouche s'est pincée. Son expression est devenue maussade et sournoise. Je me suis retourné vers Bachhauffer qui s'était adossé au battant. Il me regardait d'un air tranquille et innocent.

— Je me demande si vous êtes cinglé, ai-je dit. Probablement en partie.

J'ai gloussé. Je ne sais pas ce que Charlotte faisait au juste à ce moment-là. Je suppose qu'elle essayait de réfléchir et qu'elle se faisait toute petite. En tout cas, je la plains d'avoir vécu ça, toute seule à fonctionner normalement dans une pièce, avec Philippine et moi qui étions drogués, Renée Mouzon soûle et Bachhauffer complètement à côté de ses pompes.

— Vous êtes allemand, ai-je dit. Vous êtes un salaud de Nazi. Vous avez peut-être oublié depuis le temps. Non, vous n'avez pas oublié! (J'ai fait un mouvement pour désigner le portrait d'Adolf Hitler, à l'autre bout du local, et je n'ai réussi qu'à balancer grotesquement mon bras droit cassé. J'ai poussé un cri de douleur.) Je ne sais pas! ai-je crié. Vous avez travaillé avec la rue Lauriston, en tout cas vous avez longtemps travaillé avec Fanch Tanguy parce que vous sifflez comme lui, vous sifflez comme Fanch le Siffleur.

— Papa ? a marmonné Philippine d'un ton concentré.

— Vous étiez avec lui quand il s'est fait descendre par cette bande de Basques. Je ne sais pas ce que vous êtes devenu ensuite. Je ne sais pas ce que vous avez pu foutre depuis 1944, mais...

Il m'a interrompu.

— J'étais en Argentine.

— Ah bon, ai-je dit et j'ai repris haleine. Ah bon. Vous comprenez ce que je vous dis, somme toute. Vous étiez en Argentine. Vous auriez vraiment dû y rester.

— Il fallait répandre mon enseignement.

Je l'ai regardé.

— Ah bon, ai-je dit. Vous y croyez vraiment.

Il a eu un instant l'air tout à fait égaré et puis honteux et il a baissé les yeux vers ses pieds, comme un môme en faute.

— Mais non, a-t-il dit d'un ton léger. Ce n'est qu'un stratagème. Ce ne sont que des mômeries. Excusez-moi, je suis un peu fatigué.

— C'est une bonne couverture, ai-je observé. C'est une façon assez lourde d'organiser les choses, mais je suppose que votre secte bidon et les séjours de santé de tous ces abrutis, je suppose que ça doit faire de l'argent, en plus du trafic de drogue.

— Chut ! a fait Bachhauffer. Ne parlez pas de ça. Oui, j'ai beaucoup d'argent.

— C'est amusant, ai-je dit. Vous avez beaucoup d'argent et vous restez enfermé dans cette cave. (J'ai relevé le menton d'un mouvement brusque.) Mais non. Vous sortez quelquefois.

— Mais oui.

— Mais oui, ai-je répété. Et vous êtes tombé sur Philippine. J'étais en train de me dire qu'elle est tombée sur vous quand on l'a fait disparaître, quand on l'a amenée ici. Mais non. Vous avez mis les pieds à la Fondation Baudrillart, je ne sais pas quand, mais il y a longtemps, elle y travaillait encore, elle vous a entendu siffler. Ça l'a secouée. Elle a dû en parler à sa mère, laisser échapper quelque chose. C'est pour ça, quand elle a disparu, c'est pour ça que Marthe Pigot a parlé de Fanch Tanguy...

— Papa ! Papa ! s'est exclamée Philippine au fond de la pièce, avec enthousiasme.

— Je ne sais pas, a dit Bachhauffer d'un air ennuyé.

Ici dans la cave, et à l'extérieur aussi, il était alors 17 h 40. Je ne le savais pas car j'avais perdu la notion du temps en même temps qu'un certain nombre d'autres notions. Et je ne savais pas non plus que Chauffard et Grazzelloni étaient arrivés en avance, à 17 h 30, avec onze autres flics, dans quatre voitures. Je ne savais pas qu'ils étaient en train de se déployer pour encercler la ferme.

Je n'avais pas bluffé Kasper, mais je l'avais inquiété. Il était rentré à la ferme après sa petite reconnaissance au village. Il était quelque part en haut et il était inquiet et impatient. Il observait le paysage alentour. Et quelque chose lui a tiré l'œil, un mouvement furtif dans le bocage, ou un reflet de soleil sur des jumelles, quelque chose. Alors il a examiné les alentours avec plus d'attention encore, et certainement il a vu que des gens étaient en train d'encercler la Communauté des Skoptsys Réformés. Il a calculé les risques et il a jugé qu'il avait le temps d'emporter de l'argent avec lui.

Dans la cave, cependant, Bachhauffer et moi bavardions gentiment.

— Mais pourquoi est-ce que vous avez drogué cette môme ? étais-je en train de demander (et je rigolais, stupidement).

— J'étais un peu confus et désemparé, a dit Bachhauffer. Ils l'ont amenée, ils l'ont enfermée ici dans mes appartements, elle m'a appelé papa, papa. Ils voulaient la tuer, vous savez !

— Daddy ! a lancé pour changer la droguée dans le fond.

— Je ne veux pas qu'on la tue, n'est-ce pas, je ne veux pas tuer ! s'est exclamé Bachhauffer avec force. Ce n'est pas nécessaire, elle est idiote ! Je leur fais comprendre. Il suffit qu'elle se tienne tranquille. Il suffit de lui donner de la drogue. J'impose ma volonté car je suis un grand chimiste ! Comme c'est drôle ! Après tellement d'années, la fille de Fanch Tanguy, mon bon camarade.

La porte s'est ouverte derrière Bachhauffer. Le battant lui a heurté le dos et a bousculé le chimiste sur le côté. Kasper est entré avec brusquerie. Il avait son PPK à la main. Il a marqué un très bref temps d'arrêt en me voyant là et nos regards se sont croisés, mais j'ai lu dans le sien qu'il avait en tête des choses autrement importantes. Il a fait un pas de côté et il a traversé la pièce et franchi d'une seule enjambée les trois marches, il s'est dirigé vers le portrait d'Adolf Hitler.

— Mais alors, mais en voilà des manières ! a clamé

Bachhauffer en se massant le coude et en faisant deux ou trois petits pas comme pour suivre Kasper.

J'ai eu un mouvement vers la porte ouverte. Bachhauffer m'a jeté un coup d'œil d'une clairvoyance et d'une malignité saisissantes et il a bondi pour s'interposer. Il a claqué le battant et tourné la clé dans la serrure.

— Ah mais non ! Vous restez ici ! Tout le monde reste ici enfermé !

Entre-temps, Kasper avait empoigné le portrait d'Adolf et il l'a envoyé valdinguer au milieu de la pièce. Derrière le portrait, il y avait un gros coffre Fichet encastré dans le mur. Kasper a mis un genou en terre et posé son PPK sur le sol. En deux temps trois mouvements, il a ouvert le coffre. Charlotte s'est élancée comme une flèche. Kasper a ramassé son automatique et il n'a même pas eu besoin de le braquer sur Charlotte, elle s'est arrêtée d'elle-même à deux mètres de lui et j'ai repris ma respiration.

— O.K., a dit Charlotte en levant vaguement les mains à la hauteur des épaules. Vous ne pouvez pas m'en vouloir, c'était juste pour essayer... (Elle a reculé à pas lents.)

— Allez au fond et tournez-vous contre le mur, a dit Kasper.

— Obéissez, ai-je dit à Charlotte.

Elle a obéi. Bachhauffer, l'air égaré, avançait vers Kasper, mais très lentement, un pas à la fois, avec un temps d'arrêt méditatif entre chaque enjambée. Philippine Pigot s'était assise au bord du lit, genoux pliés, ses mains à plat de chaque côté de son séant. Elle avait le cou tendu et le menton levé et elle écoutait avec concentration. Ses narines palpitaient. Elle paraissait humer l'air ambiant. Quant à Renée Mouzon, affalée, elle ronflait.

— Mais que faites-vous ? a demandé Bachhauffer.

Kasper n'a pas répondu. Il a posé de nouveau le PPK par terre, il a saisi dans le coffre-fort un volumineux sac en plastique et il en a mis le bord entre ses dents. Il a repris son automatique et il s'est redressé. Le sac était lourd. On voyait les muscles de la mâchoire tressaillir sous l'effort, et sa lèvre supérieure était retroussée. Dans le lointain, il y a eu un claquement sec et anodin, et il m'a fallu deux ou trois secondes pour me rendre compte que c'était un coup de feu.

— Où est-ce que vous emportez mon argent ? a demandé Bachhauffer.

— Ouvrez la porte.

Je me suis aperçu que Bachhauffer avait la clé à la main. Kasper lui a braqué le PPK sur le ventre.

— Vous n'avez pas le droit de prendre mon argent, a dit Bachhauffer.

— Le pognon de daddy, a déclaré rêveusement Philippine mais personne ne lui accordait la moindre attention et Kasper s'est mis à hurler :

— C'est mon argent ! C'est l'argent de l'organisation ! On vous laisse jouer avec, c'est tout, petit chimiste de merde.

Je ne sais pas s'il comptait, par cet excès de langage, donner à Bachhauffer un choc salutaire, ou bien s'il était simplement en train de perdre le contrôle de ses nerfs. Toujours est-il que le chimiste a émis une sorte de grincement entre ses dents serrées, et il s'est jeté sur

Kasper en braillant en allemand des choses qui m'ont échappé.

Kasper a fait feu. J'ai vu le projectile ressortir sous l'omoplate de Bachhauffer et ça a fait un trou dans ses vêtements de travail. Il a hurlé et Philippine aussi. Puis, sur son élan, le chimiste a heurté Kasper qui lui a tiré une deuxième balle dans le corps, à bout portant. Bachhauffer est tombé en criant et en se cramponnant au sac plastique. Le sac s'est déchiré. Un grand lambeau de plastique est resté aux dents de Kasper, et des dizaines et des dizaines de billets de 500 francs se sont répandus dans la nature en amas, comme des feuilles d'artichaut mâchées. Charlotte s'est décollée du mur dans l'intention manifeste de sauter sur le poil de Kasper. J'ai allongé la jambe, ma mignonne, et la chère enfant s'est cassé la gueule.

— Restez donc tranquille, nom de Dieu! ai-je commandé. Je vous aime!

A quatre pattes sur le sol de ciment, Charlotte m'a regardé la bouche ouverte, l'air complètement ahuri. Cependant Kasper braquait son arme sur nous en vociférant.

— Ramassez mon fric! criait-il. Ramassez mon fric! Mettez-le dans mes poches!

— Crève, ai-je dit.

Il s'est laissé tomber sur le sol. J'ai cru à une crise de nerfs, mais c'était simplement pour coucher par terre son bras plâtré, de manière que le bout de ses doigts entre en contact avec la clé de la porte, près du cadavre de Bachhauffer. Ses doigts étaient engourdis, mais il a réussi à saisir la clé au bout de deux ou trois tentatives, et il s'est relevé.

Entre-temps, Philippine Pigot s'était déplacée, sans que personne fasse attention à elle. A présent elle était couchée sur le corps de Bachhauffer et elle le palpait. Elle a ramené vers sa figure des doigts pleins de sang et elle a goûté le liquide avec la pointe de la langue.

— N'essayez pas de m'arrêter, nous a dit Kasper.

Il était plus calme. Il avait compris qu'il n'emporterait pas le fric. Il s'est dirigé vers la porte.

— Mon papa, a dit Philippine Pigot. Vous avez fait du mal à mon papa.

Elle a balayé l'air avec son bras et elle a crocheté la cheville de Kasper. Il a fait une espèce d'entrechat et il s'est à moitié cassé la figure. A présent l'aveugle se cramponnait à son pied. Kasper lui a flanqué un coup sur la tête avec le canon du PPK et elle a poussé un cri de douleur et lâché prise. Kasper s'est précipité à la porte.

Très amorti par l'épaisseur des murs et des fondations, le bruit d'une véritable fusillade a résonné quelque part dans la ferme. Kasper a réussi à fourrer du premier coup la clé dans la serrure avec ses doigts engourdis. En même temps, du bras gauche, il ne cessait de braquer son automatique de notre côté, de sorte que Charlotte se tenait tranquille. Et moi, pauvre manchot, je ne voyais pas ce que je pouvais faire.

C'est pour tourner la clé qu'il a eu du mal, Kasper. Il lui a bien fallu une minute entière. Et entre-temps, Philippine Pigot s'est redressée, le visage terriblement contracté de fureur folle. Un filet de sang coulait de son crâne et lui descendait dans l'œil. Elle a traversé la pièce en se cognant aux murs, jusqu'à la vitrine aux armes. Elle a brisé la vitrine d'un seul coup, en la frappant des deux poings, et le verre lui a ouvert les poignets, et davantage de sang a coulé. Et puis, avant que Kasper l'ait vue, et avant que Charlotte puisse faire quoi que ce soit, l'aveugle avait arraché le grand sabre japonais de son fourreau et, guidée par le bruit que faisait Kasper avec sa clé, elle est allée droit sur lui, levant haut ses deux bras gantés d'écarlate, et elle lui a abattu la grande lame terne sur la tête.

Kasper était déjà mort, je pense, la tête ouverte comme un radis, quand son doigt a pressé une dernière fois la détente. Et il avait juste réussi, enfin, à ouvrir cette vacherie de porte. Et le commissaire Chauffard, son Terrier à la main et sa moustache tout ébouriffée, a ouvert le battant à ce moment précis et tout embrassé du regard, Charlotte à quatre pattes, Renée Mouzon qui ronflait, Bachhauffer mort par terre, l'aveugle qui achevait de tomber avec une balle dans le poumon, et puis moi comme une cloche, et puis Kasper qui lui est tombé dessus en se vidant de sa cervelle, et Chauffard a tout pris sur son pantalon.

XIX

Je termine chez moi d'écrire ceci que j'ai commencé d'écrire à l'hôpital. Après l'apparition de Chauffard, il semble que je me suis un peu évanoui. C'est à cause de mes bras, ou peut-être à cause de l'écœurement. Je me rappelle vaguement le moment où je traversais la cour de la ferme. J'étais sur une civière. Près du portail, à l'intérieur de la cour, il y avait une voiture qui était rentrée dans le mur, et elle avait en partie brûlé, mais à présent c'était éteint. Au bout de la cour, une vingtaine ou une trentaine de moinillons et nonnettes étaient assis par terre dans la boue, les mains sur la tête, gardés par trois policiers en civil que je ne connaissais pas, dont un tenait une mitraillette. A cause des crânes rasés et des mains sur les têtes, ça ressemblait à une image d'une guerre coloniale ou autre.

On m'a fait franchir le portail et on m'a chargé dans une ambulance où il y avait des gendarmes. Charlotte est montée avec moi. A travers le portail ouvert, je voyais des types sortir des bureaux de l'institution, cinq ou six types, en file indienne et les mains sur la tête, encadrés par Coccioli et Haymann et deux ou trois autres policiers qui tenaient des revolvers. Ensuite est apparue l'espèce de bonzesse chauve. Quelqu'un l'aidait à marcher. Il m'a semblé qu'elle était blessée et qu'elle pleurait. Je ne me rappelle pas avoir vu de clients de l'institution. Plus tard, il me semble que certains ont élevé des protestations parce qu'ils avaient été brutalisés. Toujours est-il que les gendarmes ont fermé les portes de l'ambulance et j'ai replongé dans le coton.

Alors pour ce qui est de l'action violente, c'est terminé, mais je suppose que je dois dire encore ce qu'il est advenu des protagonistes.

Quant au gang, tous ceux de ses membres sur qui on avait pu mettre la main sont présentement au trou, y compris Lionel Constantini, et les types qui avaient envoyé la purée sur le périphérique, et puis ceux qu'on a ramassés dans l'institution, dont le petit brun de la maison forestière. Georges Rose également, et plusieurs de ses employés de la Fondation Baudrillart, et son employeur le député Mauchemps. La plupart des moinillons et nonnettes, ayant pu faire la preuve de leur imbécillité, ont été relâchés et ont dû rempiler dans des sectes quelconques.

Des enquêtes sont en cours à propos de certains fonctionnaires de la police ou d'une autre administration, qui auraient couvert les agissements des malfaisants, mais ce sont des enquêtes qui n'avancent pas clairement ni vite. Quant à Chauffard et le reste, ils ont eu les honneurs de la presse, et le ministre de l'Intérieur et le Garde des Sceaux ont échangé des mots aigres-doux à leur sujet, à l'occasion de deux ou trois déclarations publiques. Au total ils n'ont reçu ni récompense ni punition.

N'oublions pas M. Jude et ses problèmes d'encaisse. Trois jours après la sanglante conclusion de ce sac de nœuds, il s'est pointé chez moi où il a trouvé Charlotte qui faisait du rangement. Il lui a remis ce qu'il me devait, et il a dit que je ne devais plus m'occuper de son affaire.

— Mais elle est terminée, votre affaire, lui a dit Charlotte. M. Tarpon sait qui tape dans votre caisse.

— Mais moi aussi, a dit Jude, et je vous dis qu'il ne faut plus s'en occuper.

Il avait l'air très gêné et il suait, d'après Charlotte, et il est parti après ça. Charlotte, qui voit le mal partout, pense que Jude est l'amant de sa préparatrice, la malhonnête Huguette, et que telle est l'explication de ce comportement étrange. Elle a probablement raison.

Nick Malrakis est rentré au bercail. Charlotte et lui ont eu une dispute à propos de sa veste, celle que Charlotte m'avait prêtée. Nick est reparti fâché. Je crois qu'ils vont divorcer.

Jean-Baptiste Haymann a mis du beurre dans ses épinards en vendant quelques articles exclusifs sur l'affaire, et pour le reste il a repris sa vie de retraité à Clamart. Il vient presque tous les jours jouer aux échecs avec moi, et à d'autres jeux. Il m'a appris les échecs chinois, les échecs japonais et le go. Je joue très mal à tous ces jeux. Il me bat sans cesse et pousse des ricanements triomphaux.

Je suis rentré chez moi aussitôt que j'ai pu, car l'hôpital coûte cher. Mes fractures étaient bien claires et nettes et on a pu les réduire assez aisément. On va bientôt m'ôter les plâtres. Les os resteront fragiles là où ils ont été brisés. C'est embêtant mais on n'y peut rien.

Je pense que je vais continuer dans la même profession, en essayant dorénavant de ne pas me faire taper sur les bras, en essayant de me servir davantage de ma tête. Je continue d'apprendre la langue anglaise et je lis aussi des romans que m'apporte Haymann et des livres à tournure sociologique ou politique extrémiste que m'apporte Charlotte. Je vais continuer dans mon métier et pourtant il ne me plaît pas. Je vous disais tantôt qu'il est amer de traquer des traîne-latte pendant que des trafiquants siègent à l'Assemblée nationale. Ce disant, je semblais appeler de mes vœux quelque grosse affaire qui me permette enfin de faire le Bien sur une grande échelle, à l'instar des pompiers. Et je l'ai eue, ma grosse affaire, et je n'en tire aucune satisfaction.

Je suis en état de circuler et je suis allé deux fois au cinéma et plusieurs fois chez le juge d'instruction. Je ne suis pas inculpé pour avoir tué Madrier et je ne pense pas que je le serai jamais. La concierge vient régulièrement m'apporter mes repas. Charlotte vient aussi, plusieurs fois par semaine en moyenne, quoique moins souvent ces derniers temps. Peut-être irons-nous au lit ensemble après qu'on m'aura enlevé mes plâtres.

Mais pour le moment je suis surtout fatigué.

DU MÊME AUTEUR

Aux Éditions Gallimard

Dans la collection Série Noire

LAISSEZ BRONZER LES CADAVRES (en collaboration avec Jean-Pierre Bastid)

L'AFFAIRE N'GUSTRO

Ô DINGOS, Ô CHÂTEAUX !

NADA

L'HOMME AU BOULET ROUGE

MORGUE PLEINE

LE PETIT BLEU DE LA CÔTE OUEST

LA POSITION DU TIREUR COUCHÉ

Dans la collection Carré Noir

QUE D'OS !